かりそめ聖女は今日も王太子(推し)に求婚される

私との結婚は【解釈違い】なのでお断りします！

夕鷺かのう

B's-LOG BUNKO

ビーズログ文庫

CONTENTS

✧ プロローグ——007
✧ 第一章——010
✧ 第二章——048
✧ 第三章——077
✧ 第四章——095
✧ 第五章——104
✧ 第六章——124
✧ 第七章——138
✧ 第八章——159
✧ 第九章——204
✧ エピローグ——233

✧ あとがき——255

かりそめ聖女は今日も王太子（推し）に求婚される
私との結婚は【解釈違い】なのでお断りします！
ジークフリード・イーライ
ロッドガルド王国の王太子。
容姿端麗で、王国史上類を見ない
優秀さと目される。
専横を極める王妃に対抗するため
アリアの神力に目をつけ求婚する。
アリアセラ
大神殿で暮らす巫女見習い。
成績優秀で一目置かれているが、
実は「薄い聖典」を執筆している。
かなりの鉄仮面。

登場人物紹介

ルクレツィア・イーライ

国王ザグラスの後妻。
年齢を感じさせない
美女。

王佐の大聖者

建国に携わった偉人。
ジークフリードの育ての
親でもある。

セレスティーナ

アリアの友人。
「薄(うす)い聖典(ほん)」の絵を
担当している。

ザグラス・イーライ

ロッドガルド王国の現王。
ルクレツィアの操り人形となっている。

イラスト／亜篠あさき

ジークフリード・イーライは、アリアが十九年の人生で出会った中で、間違いなくもっとも美しい青年だった。

御歳二十二。柘榴の瞳には炎の鮮烈さが宿り、漆黒の髪には夜の静寂を秘め。何より、白皙の顔立ちには神のみわざの優美さがある。いや、よくぞこんな造作が生まれ出たものだと、世の神秘にちょっと思いを馳せてしまうほどに。

おまけにこれで、栄えあるこのロッドガルド王国の、王太子殿下だというのだから恐れ入る。さらには容姿がいいだけでなく、王国史上類を見ないほど優秀だとか。向かうところ敵なしだ。

――ちなみに彼のことなら、アリアはよくよく知っていた。

情報だけなら、それはもう。

「ロッドガルド大神殿の巫女見習いアリアセラ。……改めて、君に願いたい」

その美しくも聡明な王太子殿下が、よりによって自分を訪ねてきた。それだけでも、十分たまげるというのに。

彼は、いみじくもご尊顔を拝し奉って畏み畏み正直今すぐ逃亡申し上げたいアリアに対し、片膝をついてうやうやしく手を取り、こんなことを宣うのである。

「君が、今まで会ったことも話したこともない俺について一方的な妄想を巡らせて書き綴ったという小説本三十冊、あとは他作家の手になる作品群の蒐集物、合わせて締めて二百冊。全部読み切っても俺が君に幻滅しなかったら、この求婚を受けてくれるか？」

外面ばかりは鉄の無表情を貫きながら。内心、アリアは白目を剝いていた。

（待っておかしい……）

我が国屈指の尊きお方に、何を言わせているんだ。いや、むしろ何言ってるんだ、この人が。

本当に、どうしてこんなことに。――実はその始まりは、つい先日の話である。

書には、聖なる力が宿る。

文字には、まずは綴った者の心がこもる。受け継がれるうちに時が宿り、読まれ広がるうちに縁が増していく。それは何も比喩的な話ではなく、実際に書が力を持つのである。

これは、そんな世界の物語だ。

建国より三百余年を数える、西の大国ロッドガルド。

王都オセルを見下ろす小高い丘の上、この世の全てのはじまりとされる聖典『創世の稀書』の第一写本を祀る大神殿。

アリアセラ——アリアは、そこで暮らす巫女見習いだ。

姓はない。神職に就く間、世俗の身分は捨てなければならない決まりである。

信仰の中心である大神殿は、どこの国であれ、国家の威信をかけてうんと荘厳に建てられるもの。ここ、ロッドガルド大神殿も例外ではない。

広大な敷地内には白亜の堂宇が連なり、全てに聖典の文言——聖句をモチーフにした細緻な紋様が刻まれる。中でもとりわけ重要な写本室は、大きく窓が切られ、神官や巫女たちが日々の聖務である聖典の転写作業に励むため、細長い文机がずらりと並ぶ。

「ごきげんよう、アリアセラさん」

コツコツとブーツの硬い踵を鳴らし、文机の間を歩くアリアに、同輩の巫女見習いたちが、ややためらいがちに声をかけてくる。

「ごきげんよう、みなさま」

対するアリアは、丁寧に会釈はしつつ、――しかし微笑どころか眉一つさえわずかにも動かさず、至って淡白に返して通り過ぎた。彼女が歩くたび、顔の横の一房だけ編んで、くるりと後ろでシニョンにまとめたプラチナの長い髪が、さらさらと風に遊ぶ。

同じ色のまつ毛は伏せられ、晴れた日の湖水のように澄んだ碧の目に、濃い影を落としていた。白い肌は滑らかで、頬にほんのりと淡く紅を差す。整った顔立ちも相まって、腕のいい職人の拵えた精巧なガラス細工のようだ。朝の空気を揺らす声は、銀の鈴の軽やかさ。聖職にあることを示す胸元のメダイヨンが揺れ、ほっそりとした小柄な身体を覆う簡素な亜麻の白いトゥニカの裾が、緩やかに翻った。

その様子を横目で見やりつつ。巫女見習いたちは、羽根ペンを紙に走らせる手を止めて、こそこそと囁き合う。

「アリアセラさん、今日もとっても綺麗。誰より早起きして聖務に励んでいるし、聖術の成績も優秀だなんて、本当にすごいことよね。品行方正で、困っている仲間がいれば率先して声をかけて助け、真面目に修行に臨み、優れた神力も持っている……なんて。出来過ぎて、本当に同じ人間かしらと思っちゃう」

「でも、あんまりに無表情で、話さないし……正直、少しだけアリアセラさんって苦手なの。いい人なのは知っているのだけれど。とっつきにくくて、怖いわ」

「わかる。黙っているとお人形さんみたいだもの」

「聖女候補の筆頭って話だしね」

アリアは、このロッドガルド大神殿で、ちょっと一目置かれる巫女見習いだ。

実力や容色、素行もさることながら。何より、いつでも崩れない氷の無表情こそ、周囲の関心を引く一因になっていた。先日の大雨で、雷が落ちた大聖堂のステンドグラスが一つ砕けた時も、悲鳴をあげて泣いたり逃げ惑ったりする巫女見習いたちの中で、平然と床に散らばったガラスを片付けたのはアリアだけだった。

「ねえ知ってる？　アリアセラさんって、やんごとない身分のお姫様なんですって！　実は王家の傍流で、神殿に入ったのはご実家が政争に敗れたからだと聞くわ」

「今は、ジークフリード殿下が立太子されていても、ほとんどルクレツィア妃殿下の御代ですものね……じゃあアリアセラさん、きっと王太子殿下の派閥の？」

「わからないけど、ひょっとしたら……ね」

「お気の毒に」

（ここそこ言ってるけど、聞こえてますって）

根も葉もない噂話に興じる同輩たちを尻目にアリアはさっさと席に着くと、机上に備え付けられた槐の文箱から羽根ペンとインク壺、清書用の紙束を取り出した。いろいろとありもしないことを囁かれるなど、もう慣れた。何かと他人をネタにして陰で詮索や邪推を繰り返すのが、こうした閉鎖された空間の常だ。

（お姫様なんてとんでもない。残念ながら私は、ド平民どころか親もいない、貧民窟出身の孤児なんだけどね。でも、こうして明日のご飯の心配をせず暮らせて、しっかり学を授かるばかりかお仕事までいただけるんだから、本当にありがたい話だわ）

雑音を気にせず、アリアは黙々と聖典を書き写す作業に勤しむ。

ちなみに聖典の転写は、いわゆる奉仕活動ではない。写本は全て、実用品だ。

なぜなら、神殿のように、人々の想いや信仰心が『聖気』として集まった聖域において――ごく一部の特殊な修行を積んだ者に限った話ではあるが――聖典を手にし、中に記された聖句を引用して唱えれば、そこに込められた心の力を解釈し、動力源にして、『聖術』と呼ばれる不思議な業を使うことができるのである。

神官や巫女は、全てが聖術の使い手で、聖典の管理者だった。

聖術の力には法則があり、場に集まった聖気の濃さに比例する。誰もが知るような有名な文言を引用すれば、それだけ大きな技が使える場合が多い。

ただ、単純な量のみの話でなく、聖句それ自体の含む意味はもちろん、生まれ持っての神力という素質、使い手自身との縁深さなどの諸条件が影響してくる。己にとって馴染み深い文言を見つけて用いるのは、聖術使いの基本であった。

ちなみに全ての聖典には、『創世の稀書』と呼ばれる長大な原典があるが、半ば伝説と化し、現在の所在は不明である。各国に伝わっているのは、全て写本に過ぎない。

果たして『創世の稀書』の原典に直接触れて縁を結び、できるだけ多く精緻な写本を編纂できた者たちが、国を興してきたものである。ゆえに、世界で名だたる国の王族たちは、始祖が神官や巫女である場合が多かった。

原典から直接書き写された第一写本には、一般に、その土地の名が冠される。たとえば、このロッドガルド王国のものなら『ロッドガルド写本』といったふうに。原典から遠ざかれば遠ざかるほどその力は落ちるので、写本の写本にあたる枝本になると恩恵は小さいが、些細な術であれば問題なく使うことができる。

ロッドガルドでは紙の原料となる木材の生産が盛んで、抄紙技術も発達しているため、庶民でも上質な紙が安価で手に入る。こうして、巫女たちが日々書き写す枝本の紙片は、一般人が火種や光源として活用できるよう、清浄な場で聖術を込める加工を施され、神殿の貴重な収入源になっていた。

『我が声は妙なる天籟、心は甘露の雫、魂は従順なる書の僕にして知の結晶……』

もう何千回と書き写したか知れない、元章一節目冒頭。羽根ペンを絶え間なく動かしてその聖句を書き付けながら、アリアが作業を進めていると。

後ろで噂話に花を咲かせていた巫女見習いたちは、ころりと話題を変えた。


「そんなことより。ねえ聞いた⁉　来週、とうとう『名もなき様』の新作が出るって！」

「知ってるわよぉ、もうみんなその話題で持ち切りだもの！」


（！）

途端にアリアは、背後の机から聞こえてくる仲間の巫女たちの声に、並々ならぬ集中力でさっと耳をそばだてていた。

「もう半年も新刊が出ていなかったから、執筆活動を休止されたんじゃ……って噂もあったけど、思い過ごしでよかったぁ」

「待ってた甲斐があったわよね」

彼女たちのはしゃぎように、何食わぬ顔を装いながら。アリアは、ふふ、と心の中でのみニヤついた。

（えへへ、待っててくれたんだ）

神殿のような、俗世から切り離された排他的な共同体でしばしば起きる現象として、娯楽の不足がある。

日々を修行と聖務の実践のみに捧げ、質素倹約を旨とする神官、巫女やその見習いたち。彼ら彼女らは、貧民窟出身のアリアとは違い、貴族や商家など富裕層の子女が一時的な行儀見習いに来ている場合も多い。つまり、本来は退屈に弱い。

そして、そんな禁欲的な環境下にあって、昔から慣行とされているのが——一部の有志たちが個人で発行し、神殿内でのみ流通する、娯楽本の類である。

娯楽本の書き手は、通例として本名を明かさない。『エリザベート』や『ベルナデッタ』など、古風で優雅な仮の号を使うのが慣わしだ。そして、買い出しに紛れてひっそりと活版印刷屋に行ったり、筆跡を誤魔化して自ら転写を繰り返すことで、多くの作品を流通させてきた。古い英雄伝説を題にとった叙事詩もあれば、現代の世情を反映した恋愛小説、痛快な風刺もの、果ては研究書までもあり、その種類は実に多岐にわたる。

書き手になりたければ、目星をつけた先輩に交渉し、その集まりである秘密会に参加しながら、刊行の仕方や執筆の極意を教わる。それら全てが表に出ず、そもそも存在しないものとして高位の神官や巫女たちに公然のお目溢しをもらいながら、ごくひっそりと人から人に伝授されてきた。時おり、あまりに過激な内容のために上部から発行禁止を食らう例外もあるが、それでもこの慣習自体は、連綿と神殿内で続いているのである。

そして、貧しい出自はさておき。――傍目には、現在のアリアは、実に真面目で理想的な巫女見習いだ。

しかし、それは表向きの分厚い仮面。実際は、妄想力たくましい先輩巫女たちからの薫陶を存分に受けた、根っからの創作系妄想女子だった。

おまけに、神殿内にいくつかある秘密会には所属せず、身元を隠して雅号も使わず、『名もなき一介の書き手』――通称「名もなき様」――として個人での執筆活動を続け、数々の小説本を発刊してきた。

（よかったぁ。楽しみにしてくれてる人がいるなら、書き甲斐がある！）

先ほどまでのしらけた気分もどこへやら。嬉しさに口元がむずむずするが、アリアは努めて何も聴こえていないふりで無表情を装った。気分だけは耳を五倍増しに大きく広げて、同輩たちの会話に全力で傾けている。

「ああもう、名もなき様の過去作を全部読み直さなきゃ。次は何かしら。『ジークフリード戦記』の続編？『我、王子として生を享け』の番外編なら、個人的に嬉しいわね」

「同じ気持ちよ！　もちろん全く新作でも素敵。名もなき様といえば、ジークフリードものの最大手の書き手様だもの。どれでも楽しみだわ！」

（ありがとうございます！　今回は戦記の続編です！）

こっそりと声に出さずに相槌を打つ。もちろん、動揺を悟られないように忙しなく羽根ペンはガリガリ動かし続けているが、慣れた文言と所作なので、目を瞑っていても、なんなら眠っていても書けるものである。

「わたくし、名もなき様の作品を読んでから、殿下を支持するようになったもの」

「まあ。一緒。わたしも……」

「今まで、王家の話題なんて単なる情報としてしか耳に入ってこなかったけれど、もう今となっては、名もなき様のお話の解釈でしか聞けないのよね」

「高貴で多才なのに報われない薄幸の美丈夫、刺さるわよね。こう……心臓に」

「わかる。直撃ね。流血ものだわ」

（わかる）

私もです。

内心で大きく何度も頷きながら、アリアはこっそりと机の下でグッと握り拳を作った。

ジークフリード。――ジークフリード・イーライ！

その名前は、アリアにとって憧れそのものだ。

（そこ！　そこなんですよ！　ジークフリード殿下って、本当に心躍る要素のかたまりというか！　黒髪と赤眼、長身痩軀で見惚れるほど顔がいいという話の上に、清廉な人柄で、剣の腕もべらぼうに立つとか！　そんなにも天賦のものに恵まれているのに、幼少のみぎりにお母ぎみが呪殺されてしまって、こっそり王宮の外へ逃がされる途中に襲撃を受けて行方不明になる、なんて悲運に見舞われているあたりがもう……もう……！　ご無事だったからこそだけど、貴種流離譚としては美味しすぎる！）

アリアの脳内では、めくるめく早口で情報が高速陳列されていた。

この「脳内早口」、実際に声に出して言うこともやぶさかではないのだが。何度かやらかしたところ、聞いた人間が漏れなくさーっと引き潮の如くドン引いていくので、アリアはできるだけ控えていた。程よい中庸の口調を身につけることができなかった結果、たとえ趣味が合う相手を見つけても、こうして誰の前でも感情を揺らさないふりをしつつ、鉄壁の無表情と無感動を装うことになってしまった所以である。

そしてアリアこと「名もなき様」は、数多いる神殿内の娯楽小説の書き手たちの中でも、特に「ジークフリードもの」と呼ばれる一大分野を築き上げた張本人だった。

ジークフリードものとは名の通り、ロッドガルドの王太子、ジークフリード・イーライを題にとった作品群である。

内容は、実際のジークフリードの生い立ちや実績に、盛大な妄想を加えて練って叩いて潰して脚色を加えたものや、彼が王宮で送る穏やかで楽しい日常生活を周囲の登場人物を含め勝手に妄想して捏造したもの、彼と関わりの深い人物との交流の有り様を妄想十五割で熱く書き綴ったものなど、さまざまだ。

　要するに、だいたい全ての作品が、妄想と捏造と恥(はじ)と嗜好(しこう)の煮凝(にこご)りのようなものである。

一応アリアの信条として、皿として下調べはきっちりとするが、上にのせる献立(こんだて)は妄想とつくりごとだけで調理されている。……果たして妄想、何回言っただろうか。

（今は私以外にも書き手が増えて、いろんな人のジークフリードものを読めるのがありがたいよね！　だってほんと、創作の素材がありすぎるお方(かた)なんだもの。何より、不遇(ふぐう)の身から一転『王佐の大聖者』猊下(げいか)に見出(みいだ)されて王子として王宮に帰還(きかん)、そのまま猊下のもとで庇護(ひご)を受けつつ帝王学を学ばれていたとか！　年の差の師弟(してい)関係と疑似(ぎじ)親子もの好(ず)きにも優(やさ)しい要素が特盛すぎて、こう……隙(すき)がない！）

　ちなみに王佐の大聖者とは、三百年前にこのロッドガルドが建国された際、初代国王の補佐としてロッドガルド写本の編纂に携(たずさ)わった偉人(いじん)である。

　原典の『創世の稀書』に触れた天恵(てんけい)でか、大聖者は、なんと三百年ものあいだ命をつなぎ続けている。普段は王宮内の祭祀殿(さいしでん)に暮らし、ごく稀(まれ)にある来臨(らいりん)のおりは必ず面衣(かおぎぬ)をつけているため、神殿内に顔を知る者はいない。

「名もなき様専属の挿絵師(さしえし)様がまたいいのよね……」

「どなたなのかしらね」

（ありがとう……！）

絵師を褒める言葉も続いて、アリアは心の中で激しく同意の首肯を繰り返した。

(絵を担当してくれているのは、私の早口長広舌を聞いても引かないでいてくれる、唯一と言っていい友人セレスティーナです。セレスの絵、繊細で優美で私も大好きです)

「こんな想像をしてはいけないのだけど……三百歳を超えても生き続ける伝説の猊下と、その養い子とも呼べるジークフリード殿下の義親子としての絆を妄そ……考えるだけで、わたくし、神殿指定のカッタい黒パンがバターなしで十個は食べられますわ」

「わかる」

(わかる!!)

彼女たちに、本当は握手を求めたい。なんなら会話に交じりたい。

そわそわした気持ちを外に出さないように、アリアはさらに口元をむずつかせた。

(はあよかった。ほんと、生きててよかった……)

実際に読んで楽しんでくれる人たちの、生の感想を聞くことができた。今日はなんていい日なんだろう。全く書き手冥利に尽きる。

——それにしても、まさか自分が書き物をして、それを本にして配る日が来るとは。

もっともアリアにとっては、とある理由で、かつての貧民窟生活も決して悪い思い出ではないのだが。大神殿では、生きていくための一通りを身につけさせてもらってもいる。感謝してもし切れないし、人生何があるかわからないものだ。

（私なんかが聖女候補に、なんてとんでもない。私はここで、ジークフリードもの作品を延々と生み出していればそれで満足だわ。誰にもバレずに、ひっそりと）

現実に生きている、それも我が国の偉い御仁を身勝手な妄想の餌食にしているわけなので、もちろん後ろめたさも申し訳なさもある。人によっては、自分が書き手であることを声高に主張する向きもいるが、とりあえずアリアは違った。

活動を続ける以上は、あまり表沙汰にならず、何よりも絶対にジークフリード殿下本人にだけは関知されずにいたい。一生視界に入りたくもない。可能な限り、息を殺し、彼を応援する空気や壁や天井のような存在になりたい。

そういうわけでアリアは、今の暮らしに十分すぎるほど満足していた。そして、ゆくゆくは巫女長になりたいとか、あまつさえ王妃と同義である聖女になりたいとか、特に出世願望があるわけでもない。別に、今までそうしてきたように、これからも、平々凡々に真面目に聖務を勤め、自由時間には人知れず思う存分妄想を炸裂させて過ごすような、そんな日々が続くものと信じ切っていた。

「頒布は三日後って話よ。名もなき様用の寄進入れ箱は、中庭にある聖女ラティリアのお墓の上でしたわよね。対価の銀貨を用意しないと」

「楽しみがすぎるわ。眠れなくなりそう」

（わぁ……わぁ……価格設定いつも結構お高いのにありがとう……でも寝て……睡眠不足

は健康にも肌にも悪いから……でも嬉しい……わぁあ……）

興奮のあまり、いよいよ物理的に緩みかける頬を押さえようと、アリアが手をやった時だ。

「アリア。アリアセラ。そこにいますか？」

威厳に満ちた声とともに、巫女長が写本室に現れた。

聖職の中でも高位の女性であることを示す薄い絹の頭巾で髪を隠した巫女長は、五十過ぎで痩せぎす、見た目も中身も厳格を絵に描いたような女性だ。巫女見習いたちが慌ててぴたりとおしゃべりをやめると同時に、名を呼ばれたアリアは顔を上げた。

「巫女長様。どうされましたか」

「大切な話があります。自分の写本を持って修練場に来なさい」

それだけ言い置くと、巫女長はトゥニカの長い裾をひらめかせて出ていってしまった。

（な、何かやらかしたかな）

見た目には感情になんの動きもない様子を装いつつ、アリアはしずしずとした所作で席を立った。筆記具を丁寧に文箱にしまったあと、使い慣れた飴色の革表紙の写本を胸に抱き、戸口を目指す。

巫女見習いたちは、巫女長の姿が見えなくなった途端に話を再開している。貴重な読者の意見、もっと続きが聞きたかったと後ろ髪を引かれる思いを押し殺しつつ、アリアは写本室を後にした。

(まあいいや。注意されるにしても何かお手伝いを命じられるにしても、そんなに長くはかからないよね)

――帰ってきてから、ちょっとでも趣味の執筆時間が取れたらいいなあ。この間、活版印刷のお店から受け取ってきた本も、乱丁や落丁がないか確認したいし。

なんて、アリアは呑気に考えていたのだ。

この時は、まだ。

呼び出された先は、聖術の訓練に使われる中庭の修練場だ。

庭木がところどころ残っただだっ広い草原は、古代の遺構を利用しており、崩れかけた石柱や、古い舞台の残骸が点在している。

(巫女長様、こんなところで何をするんだろう?)

「アリアセラ。あなたのもっとも得意な聖術を披露してみなさい。いえ……得意なものより、難しく力の大きなものが好ましい」

相変わらず、どこかムッと不機嫌そうな表情で、巫女長が命じる。

ますます意味がわからない。アリアは不思議に思いつつも、素直に「はい。庭木の一本、姿を変えてもよろしいですか」と確認をとる。

巫女長から「構いません」と返事を聞くや否や、聖典の写本を開く。もう何度捲ったか覚えてもいないそれは、手に伝わる感触だけで何ページを開いているかわかってしまう。

「――〝第十三章四十節序。我が精神は我が物であり、汝が支配を受けず、我が罪は我が物であり、汝が償いは要らず、我が魂は不滅にして死は我が手の上にあり〟……」

淀みなく、アリアは聖典の一節を読み上げる。途端に、声はキラキラとした金色のかけらとなって集まり、幹が裂けて立ち枯れた古い柳の樹に収束していく。数秒ののち――死にかけの体だった古木の傷は修復され、垂らした枝から若葉を数枚覗かせていた。

「そこまで。素晴らしい。聖典の中でも制御が難しく使役者が限られる『治癒』の詩を、よく使いこなせましたね」

「ありがとうございます」

表情は動かさないままだが、巫女長が手を叩いて称賛するので、アリアは素直に頭を下げて感謝をのべた。

（……ご用事って、これだけ？　わざわざ私の技術を見たいということ？　どうして？）

できたら早めに解放していただいて、夕刻の消灯までに空いた時間で次作の執筆を進めたいのだけど……とは、口に出せない心の声である。

「いかがでしょうか……」

「……確かに。これなら対抗できる可能性があるな」

――そこで、ふと。

他に誰もいないと思っていた修練場に巫女長以外の声が聞こえ、アリアは首を傾げた。

一人は神官長のものだ。紺青のローブと、金色の刺繍で本の意匠を縫い取った肩布を身につけられるのは、この敷地内に一人しかいない。巫女長も神官長も雲の上の存在であり、基本的には下々の巫女見習いになど関わらない存在なので、今日は異常事態がたくさんだぞと、アリアの方はたじろぎっぱなしである。

そこでアリアは、神官長の隣に、黒いフード付きの長い外套をまとって顔を隠した、背の高い男が立っていることに気がついた。

（誰？）

男性用のトゥニカを身につけていないから、聖職者ではなさそうだが。

目を瞬くアリアの前に、黒い外套の男が静かに歩み寄ってくる。一見無造作な足捌きだが、洗練されて隙がないなと、ふと思った。

彼はアリアの前で足を止め、静かに尋ねてくる。

「失礼。聖女候補アリアセラで間違いないか」

（！　うわ）

なんていい声の人だろう、と。

不覚にもアリアは一瞬、心を奪われた。

（い、いけないいけない）

遅ればせながら、男のなんでもないひと言にぼんやりと聞き惚れていたことに気づき、珍しくアリアは赤面しそうになる。

なんだか低さの中に深みがあって、やたらと耳によく馴染むのだ。喉を使い慣れている神官や神官見習いたちの聖句詠唱でも、こんなふうにぼうっとのぼせてしまったことなど一度もないのに。アリアは自分に驚いていた。

そして、――気のせいでなければ、おそらく彼はまだ若い。ますます正体不明だ。

「……はい。聖女候補とは誤りですが、確かに私の名前はアリアセラです」

どうにか平然とした様子を取り繕うと、問われるままアリアは顎を引く。フードの下で、男がかすかに笑う気配がした。

「誤りとは、なぜだ」

「身に過ぎますゆえ。このロッドガルドにおいて聖女とは、殊更優秀で高位の巫女から選ばれる、いずれ王妃、国母になられる方のこと。私など及ぶべくもございません」

「そこをなんとか、あなたに聖女候補になっていただきたい」

やたらに広い、草むした修練場の中央で、互いに向かい合って立つと、男の高い身丈がより際立つ心地がした。相手はそのつもりがなくとも、やや威圧感すら覚える。神官長や巫女長がいる以上、不審な人物ではなかろうが——それでもアリアは、やや警戒してしまう。

「？　どういう意味でしょうか。それより、あなたは……」

「アリアセラ。そのお方の御前では、言葉を慎みなさい」

焦ったような調子で、巫女長に注意される。アリアはますます訳がわからなくなった。

（このお二人に敬われる立場の人って……本当に、誰？　やっぱり、声は意外に若そうな気がするけれど）

なんとなく気を張り、精一杯見上げるようにするアリアに対し、相手はふと笑みをこぼすと、はらりとフードを取り除けた。

「！」

うっかり声を出さなかったことを、アリアは自分で褒めたくなった。

なぜなら、目の前に立っていた青年には全く見覚えがなかったけれど——そう、見覚えなんてあるはずがないほどに、美しい男性だったのだ。

年の頃は二十歳過ぎだろうか。少し長めに切られた黒髪、精悍な白皙の顔立ちは、自然の造形としては出来過ぎなほど完璧に整っている。何よりも目を惹くのは、その柘榴の実に似た深みを持つ、双眸の緋色。

（まさに聖典の中の英雄みたい）

すらりとした立ち姿には、凝ってはいないが質の良い黒の衣装を身につけて——いや

それにしてもなんて脚が長い、バッタもびっくりだ――造形美の化身のような青年は、呆然とするアリアを見下ろして、堂々と名乗りをあげた。

「初めまして、アリアセラどの。ロッドガルド王太子、ジークフリード・イーライだ」

「え」

セリフの意味が脳内を素通りしていって、しばしアリアは固まった。

（今なんて？）

ジークフリード・イーライ、とおっしゃいませんでした？

とっさに疑ったのは、幻聴と聞き間違いと同姓同名と白昼夢のどれかである。

選択肢を端から消していくと、ロッドガルドでイーライを名乗っていいのは王族だけだ、同姓同名はあり得ない。残る幻と聞き違いだが、目の前の人物の瞳が鮮やかな緋色をしていることで、可能性は潰えてしまう。王族のみが受け継ぐ独特の虹彩が双貴紅と呼ばれるのは、小さな子どもでも知っている話だ。

極めつきに、左耳には大粒の紅玉と金鎖のタッセルがついた耳飾りが下がっている。王冠や印璽を兼ねた指輪の他に、王国の紋章を石に刻んだそれを身の証として着用するのは、直系の王統に連なる者の習いと聞いていた。

「神官長と巫女長に、この神殿の中で、今もっとも実直で勤勉で、聖術に優れた巫女を見繕ってほしいと頼んだら、あなたの名前を挙げられた」

白昼夢に一縷の望みをかけ、後ろで指を組むふりをしてこっそりと手の甲をつねっていたアリアだが。

一向に目が覚めないどころか、とんでもない続きを切り出された。

「無理を承知であなたに願いたい。どうか、俺の婚約者になってもらえないだろうか」

（待って、無理を承知で、——なんですって？）

実直だの勤勉だのは、神殿の偉い人たちの手でだいぶ脚色が入っているとしか思えないので——その実態は、現実にいる貴人を題材にとって妄想まみれの小説を書き殴っては他人様に頒布している汚れ倒した魂の持ち主である——さておき。

怒涛の展開についていけず、アリアは完全に凍りついた。

（え？　は？　待って？　ちょっと？）

この、恐ろしく姿形の整った、そして必死に王室周りから掻き集めた『ジークフリード王太子情報』そのものの外見をお持ちの方は。

藪から棒の出合い頭に、一体何を言い出したかといえば。

「もちろん気持ちまでは縛らない。契約上のもので構わない。改めて、アリアセラどの。婚約者兼聖女候補として王宮に同行してほし——」

「えっ無理ですお帰りください」

凍結が解除されたアリアが最初に発したのは、即座かつ力強い拒否の言葉だった。

四半刻ののち。
「あの！　神官長様、巫女長様⁉　待って待って待って、ではなくお待ちください。全然頭が整理できません。一体何がどうなって⁉　今、どういう経緯で王太子殿下がここにいらして、その上で私なんかに求婚なさっているんですか⁉」
とりあえず修練場に王太子殿下をいつまでも野晒しで立たせておくわけにはいかない。滅多に立ち入ったことのない貴賓室に場所を変え、出されたお茶に手をつけもせず、中央のテーブルでただじっと座って待っているジークフリード——を名乗る人物、状況と特徴からしてたぶんおそらくきっと普通に確実に本物——から隠れた衝立の陰で。神妙な顔で視線をうろつかせる神官長と巫女長に、アリアは詰め寄っていた。
本来ならば、神官長も巫女長も、おいそれと話しかけられる相手ではないはずなのだが。今は緊急事態だ。もっとも、普段ほとんど使わない表情筋が全然仕事をしてくれないおかげで、やはり顔だけは鉄の無表情という異様さであったが。

アリアは深呼吸した。そして改めて「こちらでお待ちください」の言葉に素直に従って待つ王太子殿下を、衝立の陰からそっと窺い見る。

（うわあ……ジークフリード殿下、ちょっと遠目でも、本当に絵になる。ただ本当に座っているだけなのに。姿勢が美しいから？　足が長いから？　わからない……）

それにしても、顔がいい、ああ顔がいい、顔がいい。東方の短文詩が詠めてしまう。

……ではなく！

「いや、実はな……わしも巫女長も、いまいちわかっておらんのだ。どうして王太子殿下が、急に先触れもなく、このような場にお運びいただいたものか……」

「えええ……？」

「先ほど、ごくわずかな護衛騎士のみお連れになって、唐突にご来訪されたのです。聖女候補として、今もっとも見込みがある者に会わせるようにとおっしゃって。護衛の方は途中で席を外されてしまうし、もう何がなんだか」

「はい……!?」

何がなんだかはこちらのセリフである。

話を継いだ巫女長も、状況をいまだにうまく咀嚼できていないのか、神官長ともども苦虫をまとめて噛み潰したような顔をしている。

三人して額を合わせ、代わる代わる、テーブルにつく雲上人の姿をおずおずと何度も確認する。相変わらず幻のような美しさだが、幻とは違う証拠（しょうこ）に、瞬（まばた）きしても特に消えたりはしなかった。

　そこで。

「とりあえずアリアセラ、お前が行って話をしてきなさい」

「ええっ、そんなぁ⁉」

　無体にすぎる命を神官長から受け、アリアは素で悲鳴をあげた。

「ご一緒に来てくださらないのですか⁉」

「いや、そうしたいのは山々だが……殿下は、『聖女候補と内密な話がしたいから、席を外してほしい』と強くご所望（しょもう）でな。ああそう、内容については、人払（ひとばら）いを命じているほどだ、わしらに共有せずともよい」

（神官長⁉　余計なことに首を突っ込んで面倒（めんどう）に巻き込まれたくないって、思いっ切り顔に書いてありますけども……⁉）

　最近就任したばかりで、王権との折衝（せっしょう）などのややこしいあれこれに不慣れな神官長は、なんとも保身的で無情だった。

　一方、長く勤めている巫女長の方はまだ落ち着きがあり、「どうしても判断に困ることがあれば、無理にでもお呼びなさい。私が責任を持ちます」と申し出てくれた。優しい。

でも、どのみちアリア一人で相手をしなければならないのは同じらしい。

「では、あとはお若い人同士で……」

神官長に「それ今言うのは違いますよね？」というセリフと共に送り出され、頼みの綱は二人とも消えてしまった。アリアは仕方なく、覚悟を決めて衝立から一歩を踏み出す。

さて。結構な時間、ほったらかしにしてしまったにも拘わらず。ジークフリード王太子は、無礼を叱ることもなければ、待ちくたびれて姿勢を崩すこともなく、同じようにごく自然にそこに座っていた。

「……大変お待たせをいたしました」

一般に貴婦人の挨拶とは、ドレスのスカートをつまみ腰を折って片足を後ろに引くカーテシーだが、神殿に勤める聖職者だけは、男女共通で両手を胸元に当てて首を垂れるのが正式な作法となる。これは、己が聖典の写本を持たず、聖術によって相手を傷つける意図がないことを示すためだと習った。

「そう畏まらなくていい。そもそも、こちらがしているのは個人的な頼みごとだ。話が長くなる可能性がある。椅子に掛けてくれ」

ジークフリードは、相手が年若い一介の巫女見習いだけになっても、やはり紳士的な態度を崩さなかった。「なんて妄そ……想像通りの方！」という場違いなはしゃいだ気持ちと、「こんな訳のわからない状況でなければ！　というか私が殿下の視界に入る日なんて来てほしくなかった」と頭を掻きむしりたくなる煩悶と、「そもそもどうして殿下が私に求婚⁉　そういうのは……なんかこう……違うんですが！」という半ば怒りに似た憤りと、とにかく万感入り乱れて脳内が忙しない。

どんな調子で接したものか。動揺を悟られないよう必死なアリアである。

彼には対面の椅子を勧められたが、「そういうわけには」と丁重にお断りした。正面になんて座れるわけがない。王太子殿下、大変恐縮ですがその顔をしまってくださいませんか、私には眩しすぎる……。

「では、俺も立とう」

「え」

「女性を立たせたまま話をするのは落ち着かない」

（うわぁんもうそういうところー！）

やっぱりね、そういう人だと思ってた！　本当にそういう人だった！

（ありがとうございます最高です！　でも本当に困るんです！　あと、さっきも思ったけど一人称俺なんですね！　幼少期に苛酷な環境で過ごされていたお話が身に迫って感じられて、申し訳ないけどとても美味し……申し訳なさすぎますね！）

内心でのみ絶叫しつつ、アリアは頭を垂れると、「……ご起立には及びません。では、お言葉に甘えさせていただきます」と静かに従うことにした。

椅子を引いて腰掛けたあと、全力でテーブルの天板を凝視する。傍目には、ただ貴人を前に緊張しているように見えるだろう。もちろんそれもあるが、ご尊顔を直視して潰れないよう、眼球保護のためである。

心中のありとあらゆるあれやこれを、表情筋をぴくりとも動かさず、薄皮一枚の下に押し隠し。見た目には氷の無表情で振る舞い続けるアリアが、チラリと一瞬だけ視線を上向けると、その途端、ジークフリードは少し苦笑してみせた。うわあ笑った、ありがとうございます寿命が延びます、いやむしろ血へド吐きそう、生まれてきてすみません今死にますね。本当に感情が忙しい。

「急な話で驚かせてすまない」

「いいえ」

（本当ですよ！）

首を縦に振りたくりたい本音は綺麗に押し殺し、ますます恐縮して目を伏せるアリアに、ジークフリードはやや逡巡するような様子を見せた。

「アリアセラどの」

「アリアセラと呼び捨てで構いません」

「周りはなんと？」

「……アリアと」

「ではアリア」

ひいっとアリアは声にならない悲鳴をあげかけた。普通に、極めて雑に呼び捨てにしてくれたらいいのに。恐れ多くも愛称で呼べなんて言ってませんが！　破壊力！

　もちろん表には出さない。今も王太子から見たアリアは、ただの表情に乏しい、なんならやや対応もしょっぱい巫女見習いのはずである。

「先ほどの求婚を断った理由を聞きたいんだが」

「それは……あまりに急なことなので、……お答えしようにも、いたしかねます」

「説明が足りていなかったかもしれないが、婚約も婚姻関係も、契約上のもので構わない。無理して俺のことを愛する必要はないし、ごく事務的に接してくれればいい。それでも難しいか？」

「だとしても、その大役に私はやはりふさわしくありません。この神殿内で、まだ次の聖女候補は選定されておりませんし、私の名が具体的に挙がっているわけでもございません。何より私は、現在単なる巫女見習いの身に過ぎず、……出自も貧しい平民です」

　スラスラと答えつつ、居心地が悪くなって、アリアはわずかに視線を左右に動かした。

「ロッドガルドの神殿内で聖務に従事する限りは、元の身分の貴賤は関係ないはずだ。それにあなたは、神官長と巫女長が口を揃えて、礼儀作法も人格も、何より聖術の技量も、見習いだけでなく巫女たちを勘定に入れても群を抜くと聞いているが」

「……それこそ過分な話でございます」

（そして願ってもない話です。いえ、文字通り願ったことも願うこともないって意味で）

顔さえ見なければ、どうにかジークフリードを相手に話しているのだという事実を思考の端っこに追いやれそうだ。やっとこ調子をわずかに取り戻したアリアは、思い切って、一番気になることを尋ねてみた。

「次代の国王陛下にお仕えすべき聖女候補を選ぶ時期は、通例に従えば、まだ数年は先のはずです。このように急いで王太子妃を迎えたいとお考えになる、その理由をお聞きしても構いませんか。しかも、見たところ、ごく内密に」

「もっともな疑問だな。……が、答える前に、あなたに確かめねばならないことが一つ」

わずかに身じろぐ気配で、アリアは、彼が姿勢を正したのだと察した。

「もちろん理由はある。が、それを聞いたあとは、どうしてもあなたに聖女候補になってもらわなくてはいけない。必ず巻き込むことになるからな」

「えっじゃあ聞かなくていいです」

「判断が早いな？」

（それはもう）

当たり前です。

全力で拒絶するアリアに、ジークフリードはため息をついた。

「……まあ、当たり前といえばそうかもしれないな。俺と母妃ルクレツィアとの確執は、きっとこの大神殿にもよく聞こえているだろうし」

ルクレツィア——ルクレツィア・イーライとは、もともとはジークフリードの祖父にあたる前ロッドガルド王アゼクの後妻だった女性だ。

そしてアゼクの没後は、よりによって、義理の息子である現王ザグラスの妻におさまった。今も昔も、年齢を感じさせない、妖艶な美女だと伝え聞く。

そしてルクレツィアは、現王に代わってほぼ権力を専横している人物でもあった。早い話、ザグラス王はルクレツィアの操り人形であり、——今の王政は、ルクレツィアの思うがままなのだ。

「王太子とは名ばかりで、なんの力もない。俺が無事に次代になれるかも怪しい。いきなりそんな人間の婚約者になれと言われても、忌避感が強いのはわかるが——」

「いいえ、違いますけれど」

自虐的な続きを、思わず遮り。考えるよりも先に、アリアの口は動いていた。

「恐れながら、ジークフリード殿下はなんの力もないわけではございません。むしろ、殿下ほど才もあり努力も惜しまず続けてこられた方でさえ、苦境を強いられるような状況におありなのだと考えるべきではないでしょうか」

「……？」

「ルクレツィア妃殿下とのご関係については、外から得られる情報を整理する限りは、そもそも妃殿下の方から何かと殿下の妨害をされている印象です。ひと月ほど前、殿下がご自身の管理下にある商業特別区や軍組織について改革されようとした際など、妃殿下が特に理由なく殿下の案を見直すよう陛下に進言されたことも、陛下がその言いなりにジークフリード殿下の案を退けられたことも聞き及んでおります。事実であるなら、妃殿下の行為は、義理とはいえ殿下の母ぎみとして極めて不自然です。こうしたことはこれまでも多かったはず」

今まで誰もをドン引かせてきた、絶え間なく矢を継ぐような早口長広舌を、惜しげもなく開陳していく。

「極めつきは大聖者猊下とのご関係です。ルクレツィア妃殿下は猊下と反目し合う仲であると伺っております。殿下は猊下の庇護下にあられた時期が長く、擬似的な親子のようなご関係だとも。そして、王室で今まで聖務を一手に担ってこられた猊下のご動向が、最近全く伝わってきません。このことから、王宮では何か、おそらくはルクレツィア妃殿下の主導で、殿下や猊下の管理しきれない事態が進行しつつあるのではと——あっ」

——アリアが我に返った時には、ジークフリードはすっかりと気圧されたように絶句していた。鮮やかな柘榴の虹彩が、呆然と見開かれている。

なんとまあ、こんな気抜けた表情でもかっこいいなんて眼福の極み、……ではなく！

「た、大変申し訳ございません……！」

アリアは慌ててその場に平伏した。といっても、椅子に腰掛けている姿勢だし、目の前にはテーブルがあるので、実際は樫の一枚板に額をめり込ませたと言った方が正しい。

「失礼いたしました。僭越なことを申し上げました。お忘れいただければ」

「いや、……すごいなと感心していた。王宮の事情をよく把握しておいでだ」

「王宮全体の事情ではなくジークフリード殿下限定です」

「俺限定？」

「ハッ」

余計なことを言った。

「お忘れください。お聞き流しください」

「いやさすがに聞き流しようもないんだが。俺限定、とは……？」

だんだんその目が剣呑なものを帯びてくるので、アリアは下手を打ったと悟った。

（もしかして、ジークフリード殿下のことに精通しすぎて、ルクレツィア妃殿下の息のかかった不審人物だと疑われている？）

ならば、それは誤解にも程がある。

「そっ、その、そうではなく……！」

アリアは焦った。

とにかくこのとんでもない勘違いを解かなければ。ついでに、当方は敵でなく、どっちかというと、というか確実に味方寄りの者ですとお伝えしなければ。

はやる気持ちのまま、思わずアリアは叫んでいた。

「違うんです、ジークフリード殿下！　わ、わた、私、……！　あなた様を、昔からお慕いしているんです……！」

「え……」

――焦るあまり、とんでもないことを口走ったと気づいた時には、発言から十秒以上が経過していた。

ジークフリードは、今度こそ完全に呆気に取られている。なんてことを言ってしまったのか。相手にしてみれば、寝耳に水にも程があるだろう。

（ま、まずい……）

今の自分は、絶対に気持ち悪い女だ。

釈明しなければ。ええと、どうしよう。どうすれば。

錆びついて回らない思考の歯車を、アリアが力ずくでグイグイ押しているうちに、ジークフリードの方がいち早く平静を取り戻してくれたようだ。

「……？　それは……ありがとう、と言っていいんだろうか。アリア」

「……」

はいともいいえとも答えかね、とりあえずアリアは真顔で沈黙した。実際は、さっきまでの無表情が運よく貼り付いたままだっただけ、なのだが。

この反応の示すところを、ジークフリードは自分なりに解釈したらしい。しばらく視線を巡らせ、ためらいがちに尋ねてきた。

「しかし、こんなことを聞いては失礼かもしれないが。俺はあなたと、昔どこかで会っていただろうか？　言われてみれば……見覚えがあるような……？」

まあそう考えるものよなという、当然の疑問である。

面識もない相手を慕うだなんだと、考えにくいのも道理だ。王侯貴族なら政略結婚の相手と肖像画を送り合うそうだが、アリアと彼は当然そんな間柄ではない。嘘をつくわけにもいかないので、アリアはこれもきっぱり断言する。

「いいえ聖典と天地神明に誓って全く一切合切ひと目たりともお会いしておりません」

「やたらはっきり否定するんだな。そうか……いや、待ってくれ。だが、だとすれば不思議だ。どういう経緯かはわからないが、あなたが俺を慕ってくれているということなら、普通は求婚を受けてくれるものじゃないだろうか」

ごもっともだ。でも違います。アリアは再びきっぱりと手を横に振る。

「いいえ！　慕うといっても、その『慕う』ではございませんので」

「では、どういう意味の『慕う』か聞いても？」

「はい。とても素敵で素晴らしい方であると思っている、お人柄もご容姿も何もかも大変好ましいと感じ、ありていに言えば大好きである、なんなら心酔しておりますという意味の『慕う』です」

「……？　それだと俺の知る『慕う』と、同じ意味に思えるんだが。なんにせよ、好きだと言ってくれるなら尚更」

「だからその『好き』じゃないんですって!!」

「なるほどわからん」

そりゃそうだ。

アリアは顔を両手で覆いたくなった。実際は身じろぎもできず固まっているに過ぎない。

「とにかく、殿下がお考えの『好き』と私の『好き』は似て非なるどころか、天と地、土くれと金剛石、全く別の次元に在するものでございますので！　求婚はお受けできませんし、私は聖女候補になるつもりはございません。お引き取りいただければ幸いです」

「……いや、納得しかねるな」

得意の早口でまとめて話を切り上げようと目論んだアリアだが、ジークフリードの方も、そうは問屋がおろさなかった。

「先ほどまでは、王宮の近況に疎く、神殿しか知らないはずのあなたを政争の場に巻き込むのは忍びないと、半ば諦めようと思っていたのだが。俺の事情をそこまで熟知していて、おまけに『慕う』や『大好き』『心酔』とまで言われているのにこうまで拒絶されるのは、正直こちらとしても心の整理がつかない」

「そこはどうにか頑張ってください」

「頑張……いや、あなたを諦めるために割く労力があるなら、別のところに割り当てる」

（わあ、そのセリフとてもグッと来ますね、次作に使っていいですか？）

ではなく。

——確かに、憧れの人が使うセリフとして素晴らしいけれども。相手が自分だというのは、違う、断じてそうじゃない！

「今日のところは、あなたの要請通り引き上げよう。だが、諦めるつもりはないし、納得できる理由を聞かせてもらうまでは、しばらくここに通って口説かせてもらう」

「は」

「そういうわけで、よろしく頼む」

ごく生真面目に、かつ、極めて紳士的に。

ジークフリードは真顔で告げると、アリアに向かって一礼した。そして、「手間をとらせて申し訳なかった」と丁寧に断り、席を立つ。

　軽やかに、コツコツと、硬質な靴音が遠ざかっていったあと。戸口のところで、何やら神官長や巫女長と彼がひと言ふた言交わしている気配がした。受け答える二人の狼狽えようからして、おそらく今後の予定を伝えたのだろう。

　それにしても、なんだって？　しばらくここに通って、口説かせてもらう……？

　ここで「誰を？」なんて、愚問に過ぎる。

（はい？　え、ま、待って、何）

　――照れる、なんていう生やさしいものではない。

　しばらく固まったあと、アリアは赤くなるより青くなった。むしろ、全身から血の気が総員で引き去った。

（とんでもないことになってしまった……！）

　いと身分尊き御方を前に、お見送りもせずご無礼を働いてしまった……という常識的な後悔もあるが、そんなのは些細なことだ。

　どうしよう。どうしてこんなことに。

　改めて、アリアはテーブルに突っ伏した。

「おはようアリア」

「おはようございますお引き取りください」

――ジークフリードは、有言実行の人だった。

そこも解釈が一致する。が、叶うなら、自分と無関係のところで知りたい情報だった……なんて贅沢なことを願うアリアである。

今日も今日とて、これまで一度も入ったことすらなかったくせに、いい加減通い慣れてしまった貴賓室に出向いたアリアを、あらかじめ到着して待っていたらしいジークフリードが笑顔で迎えてくれた。その朗らかなことといったら「お日様が空から落ちてきたんです？」と誤認するほどだ。どうぞ天空のお住まいにお戻りください。

貴賓室の広く切られた窓からは、朝陽が燦々と差し込んできていた。そんな明るい場所で見るジークフリードは、改めて「これ日差しのせいだけじゃないな？　もはや内側から発光しているのかな？　そっかお日様ですもんね伏線回収しちゃったなあ」と頷くくらい、爽やかでまばゆい。鮮やかな紅の瞳が輝きを帯び、いっそ著名な画家の手になる絵画のよう。題は『いと高き君』とか『この世の光』あたり。

　樫の一枚板のテーブルには、手のつけられた形跡のない香草茶の器が一つ。供応は「気遣いを無下にしてしまって申し訳ないが、立場上、毒見なしに飲めないので……」と初日で断られていたらしいが、神官長が懲りずに続けているものだ。

（まあ、懲りないっていえばジークフリード殿下こそが『そう』だけども！）

よりによって、憧れの王太子自ら大神殿までお越しいただくばかりか、どこの馬の骨とも知れない巫女見習いごときを口説かせるなど恐れ多い……だとか。

お忙しいところ時間を割いていただいているのに、お応えできずに申し訳ない……などと、恐縮したのは最初だけで。アリアも、どうしてなかなか肝の太い人間だったらしい。

よく考えれば、貧民窟出の根性は叩き上げである。さもありなん。

　開口一番、「疾くお帰りください」を口でも顔でも雰囲気でも全力で発するアリアに、ジークフリードは少し苦笑してみせた。

「君の事情を聞かせてもらわないことには、諦め切れないからな」

「そこをなんとかお引き取りください」

「お引き取りくださいが語尾みたいになっているぞ。第一、そこをなんとかというのは、むしろ俺のセリフじゃないか？」

「なかなかネバネバとお粘りあそばされますね……」

「お粘……斬新な敬語の使い方だな」

最初のお目通りから、もう一週間近く経っている。彼は果たして、初日から三日にあげず大神殿を訪れた。なんのために、なんて言うまでもない。アリアを説得するためだ。冗談ではなかった。

彼がやってくる時間帯は不規則で、朝だったり昼だったり、場合によっては日も落ちかけた夕方だったりする。要するに、王太子として多忙を極めている政務の合間を縫って、わざわざ足を運んでくれているということなのだ。申し訳ないが過ぎる。

一昨日も来て、その翌日の訪いはなかったから諦めてもらえたのかと思いきや、二日後には元気に口説きにきたジークフリードに、もはやアリアは頭痛がしていた。

ちなみに彼の日参が始まってこちら、同じテーブルにつくのを初めこそ固辞していたアリアだが、そうすると「俺だけというわけにはいかない」とジークフリードも席を立ってしまうため、今はもう諦めてさっさと座るようにしていた。それでも一応、勧められるまでは意地でも立っていることにはしている。いろいろと根比べである。

「どうして私なんですか……」

「協力者として、君が一番ふさわしいと思ったからだ。確実に妃殿下の影響下になく、俺を背中から撃つ危険が低く、かつ神力が強く聖術に通じた人間が欲しいと。繰り返しになってすまないが、婚約といっても契約上のもので構わない」

いつの間にか向こうもだいぶ打ち解けてきて、アリアへの呼びかけも「あなた」から「君」に変わっている。そういう距離の近づき方もご遠慮申し上げたいんですが。

「ありがとうございます見込み違いですお引き取りください」

「つれないな」

「はい。つれませんとも。聖術であれば、巫女長の方が私よりも強いはずです」

「御歳五十を越したご婦人を聖女候補と言い張るのは難しいだろう。一応、名目としては未来の王妃になるべき存在なんだから。それに巫女長からは、生来持つ神力も、聖術の力と精度も、己よりも君が上だとお墨付きをもらっている」

（巫女長様！　余計なことを！）

まさかの裏切り。味方だと思っていたのに、背中から撃たれている。

そこでふと、ジークフリードはやや困ったように眉尻を下げた。

「……事情を詳しく話せない以上、俺との婚約を、君が不安に思う気持ちはわかる」

（ヒィイ！　殿下の困り顔の威力！）

こう、黒い毛並みの気高く美しい狼が、今だけしょんぼりと耳を垂れているような。

「エッ可愛い……こんなにかっこいいのに……？」とときめいたが最後、反射的にうっかり言うことを聞いてしまいそうになる。聞かないが。

「だが、協力してもらうからには、君の身の安全は確保できるよう、能う限り取り計らうと約束する。相応の額の謝礼も、当然出そう。それに、こちらの用件が解決次第、任を解くことも誓おう。それでも、やはり難しいだろうか……」

ジークフリードから、何度目になるかわからない交渉をされ、アリアはますます困り果てた。ずっと聖女候補でいなくてもいい、短期で構わない。さる事情があって、どうしてもアリアの力が必要なだけで、それが終わればきちんと解放するから、と。

「……謝礼なんて要りません」

それだけは、かろうじて返しておく。しかし、そこで「！　では、……」と身を乗り出そうとするのは、慌てて「ですが、そもそもお引き受けもできません」と押し留める。

（うう、どうしよう……）

アリアはアリアで、こう申し出られた時から、迷いっぱなしだった。

協力を取り付けるまで詳しいことを話せないという触れ込みからして、彼の背景にあるのは、確実に厄介ごとではあるのだろう。おそらくは、ルクレツィア妃殿下がらみの。

（うーん。けどなあ……私の聖術が他の人よりすごいかというと、それは正直かなり疑問だし。私の得意なのって、結構地味で細かいやつばっかりというか。治癒と浄化と、聖気をたどっての失せ物探しくらい？　派手な力業はさほど大したことないし、本当は、私より適任がたくさんいるんじゃないかと思う……。でも、ジークフリード殿下が何かお困りで、それで急遽、仮の聖女候補を連れていきたいのであれば、協力して差し上げたい気持ちはあって……）

もちろん、聖術の特性による力不足の懸念については説明してある。それでも「いや、問題ない。むしろ助かる」とのことで、彼は引かなかった。

（治癒や浄化や探索が役立つご用事なの？　それとも都合上そうおっしゃってるだけ？　わからない。うーん……）

何せ長年の憧れの人だ。

彼をネタに、随分と楽しく執筆活動を続けさせていただいた負い目もある。

力になりたいかといえば、それはもう全身全霊の「はい」だ。自分なんかでお役に立てますならば！　という気持ちは、当然ながらある。

しかし。

（やっぱり、いくら期間限定で契約上のものとはいっても、王太子妃候補になるのはさすがに無理!!）

行く手を阻むのは、「お役に立ちたい」を凌ぐ、圧倒的拒否感。これに尽きる。

当然ながら、ジークフリードには問題などなく。全ての原因は、アリア自身にある。

（わ、私が嫌なの……！　だって、逆の立場で冷静に考えてみて？　自分の知らないところで、自分のことを微に入り細に入り調べ上げて、隙間情報を勝手に妄想で補塡して、あれやこれや好き勝手すぎるお話を結構な本数書き綴った上に、それを印刷して有償で同輩に配っていたようなやつよ⁉　もし私がジークフリード殿下ご自身……いやそれはちょっとおこがましいから、育ての親の大聖者猊下……も同じだし、えーとなんだろ……たとえば殿下の教育係だったり腹心の部下だったり、幼い頃お世話していた乳母だったりお友達だったり、護衛騎士や召使だったり王宮内の通行人だったり、いやいやそんな厚かましいこと言わずに、殿下のお部屋の家具や壁や床や天井だったりしたら、絶対にそんな気っ色悪い女を大切な人に近づけたくないわ！）

　脳内早口ここに極まれり、である。

（いくら立場上だけのものだといっても、契約の満了後は、私との婚約が彼の輝かしい経歴に残ってしまうわけでしょ……？　汚点でしかないし申し訳なさすぎる……申し訳なさすぎて死んでしまう……）

　考えれば考えるほど恐ろしさで真っ青になるアリアの様子を訝しんだのか、ジークフリードが気遣わしげに首を傾げる。

「どうした？　顔色が悪いが」

「生まれてきて申し訳ございません」

「本当にどうした⁉」

突然深々と頭を下げるアリアに、ジークフリードはギョッとしたようだった。如何とも答え難く黙り込むと、彼は今度は苦笑する。

「アリア。この際、本音で答えてほしい。……初日では『慕ってくれている』なんて言ってくれたが、……それは俺の手前、気を遣っただけで。実のところは、やはり不安を感じているんじゃないか？」

「えっ、と」

アリアが困惑しているうちに、だんだん話が不穏な方に進んできた。

ジークフリードはこの期に及んで、アリアが仮にでも婚約を渋るのは、今後己の立場が損なわれたり、命の危険に曝されるせいだろうと思っているらしい。

（普通に考えたらそうかもだけど！）

それはアリアに関しては、てんで見当違いな心配なのだ。

「そもそもこちらの事情を全く明かさずに、何が起こるかわからない王宮まで、とりあえず信じてついてきてくれというのが、どんなに不誠実な話かは理解しているつもりだ。安全が確保できるよう配慮するという俺の言葉も、信じ切れない気持ちはわかる」

「いえ、その」

「君が、将来を嘱望されている巫女見習いだというのは聞いている。だとすればなおさら、俺のような翳りの見える環境にある人間の伴侶候補として、王宮に行かなければならないと聞けば、お先真っ暗だとか、冗談ではないと思うのが自然だろうから……」

「それは断じて違います」

だんだん自嘲じみた調子になっていくジークフリードに、アリアは握り拳で応戦した。

「驕り如き、いかほどのものでしょう。環境なんかで殿下の輝きが薄れるわけもなく、お立場を思えば不誠実だなんて感じようがありません。そもそもジークフリード殿下の伴侶候補という身分に、不満なんて出ようはずがございません！」

「え？　……は、はあ、そうなのか？」

「そうです！　この大神殿だけでも、殿下の無事と清栄と健康と幸福を祈り、『ジークフリード殿下が日々美味しいご飯を食べられますように』とか『ジークフリード殿下が悩みなく毎晩ふかふかの布団でぐっすり眠れているだけで幸せ』とか『ジークフリード殿下に仲良しのお友達がたくさんできたら嬉しい』と心から願う巫女や巫女見習いが、どれほどたくさんいることか！」

「願いの方向性が親のそれだが？」

気遣いは痛み入るが、と彼はやや引いた様子で付け加えた。

全て『名もなき様』の作品群に寄せられた、熱心な読者たちの感想である。新刊を出すと、しばしば寄進入れ箱に匿名でお手紙が入っているのだ。

「ですから！　その殿下から、仮初でも期間限定でも結婚を申し込まれて、嫌なわけがないじゃないですか！」

「そうか、じゃあ婚約」

「無理です」

「どうなっているんだ⁉」

「断じて嫌じゃないんです！　嫌じゃないけど！　無理なんです！」

伝われ。

魂ごと搾り出すような声で、必死にアリアは訴えた。嫌なわけがあるか。ただただ、無理だしダメなんです。

「……そこまで頑なだと、俺もさすがに、納得できる理由がほしい」

いい加減、寛大なジークフリードでも業を煮やしているようだった。

「もし君が、自分の立場や安全を気にして断るなら、こちらも理解が及ぶ。だが、それは違うそうじゃないか。謝礼が足りないのなら、色をつけることはもちろんできるが、そもそも謝礼はいらないと言う。俺はどうすれば、君に求婚を受けてもらえるんだ？」

どうしてもこうしても受けられませんので諦めてください、と言い張りたいのだが。相手の気持ちもわかりすぎるほどわかるだけに、アリアはにっちもさっちも行かなくなってしまった。

（ううう……！）

本当は、この名状し難い現状についての打開策を、誰かに相談しておきたい。

悲しいことにアリアの交友関係は極めて希薄だが、幸い、唯一の友人にして大親友と呼べる存在の同期がいる。何か悩みごとがあれば一も二もなく彼女に真っ先に相談するのが常のアリアだが、あいにくその親友は、ここ一カ月ほど、上役の巫女の聖務に付き従って地方巡行に出てしまっていた。

「私自身が！　聖女候補になるには、あまりに不適切な不届き者だからです……！」

「？　このところ君に接してきた限りは、そうは思えないんだが」

「表から見えないだけです。隠された一面がございますので」

「隠された一面？」

なんのこっちゃという顔をしている彼に、アリアは一度、ぎゅっと目を閉じた。

（ええい、いくらなんでもこのままじゃ殿下に申し訳なさすぎるわ。かくなる上は、私も覚悟を決めるしかない）

本当は、壮絶に話したくない。

が、自分一人の内なる理由だけで、ここまで憧れの人に散々な不義理を働いてきたのだ。きちんと筋を通すのが人間というものだろう。背に腹は代えられない――

「……では、恐れながら。殿下にお願いがございます」

「願い？」

「はい。近日中でご都合よい時に、私の術を確認するために使った修練場までお越しいただけますか。護衛の方は、お近くでいったん止まっていただけたら嬉しいですが、難しければ同伴でも構いません。——私の秘密をお見せいたします」

それが一番、手っ取り早く幻滅していただけると思います、との続きは、口に出さず心中のみに留めておいた。

近日中とは言ったものの、まさか翌日に訪問してくるとは思わなかった。

日差しの穏やかな午後である。修練場の木陰で、白い雲がゆっくりと流れる青空を眺め上げていたアリアは、「すまない、待たせたか」と現れたジークフリードを振り返る。

「いえ、私もつい先ほど参りましたところで……」

とはいえ、建前上首を横に振ったものの、実際には緊張しすぎて、約束をしてからずっと空き時間はここでばかり過ごしていた。どうにも落ち着かず、昨晩一睡もしていないことも伝えるつもりはない。

むしろ単に落ち着かないというより、処刑前夜のような心持ちだった。己がアリアの首に斧を落とす執行人になるとも知らないだろうジークフリード殿下には、目の下のクマの存在を察知されていないことを祈るばかりだ。

昨日の今日で相見える麗しのご尊顔を、アリアは複雑な気持ちで眺めやった。

「わざわざご足労いただいて申し訳ございません」

「いや、こちらこそ。で、君の秘密というのは……?」

「まずはこちらを」

情けなく上擦りそうになる声を張り、努めて冷静に見えるように。アリアは、昨日荷車まで借りてあらかじめ運んでおいた、大きな木箱を示した。本来の用途としては、市場や厨房などで野菜や果物を入れるためのものだ。

首を傾げる彼に、「危険物だと勘違いされてるのかも」と思い至り、慌てて自分の手で開封する。いやまあ危険物は危険物かもしれないが。開封によって爆発四散するのは、己の魂のみなので。


――中から出てきたのは、大量の冊子である。

背表紙を天に向け、ミッチミチに隙間なく詰められたそれらの本は、赤や黄、薄桃や緑と、色とりどりの表紙が虹のように美しく。一瞥では、聖典や聖務の関連物のようだろう。

基本的に、一冊一冊はごく薄いけれど、たまにギョッと引くほどの分厚さのものも見受けられる。

「これは……？」

片眉を上げ、訝しげな顔で箱の中の冊子を覗き込むジークフリードに。まずアリアは大きく息を吸い、それをゆっくり吐き出すように、低く答えた。

「……本です」

「いやそれはわかるんだが……」

「………失礼いたしました。こちらは、ロッドガルド大神殿の巫女や巫女見習いたちの間で、娯楽物として密かに愛好されている書籍の類で、通称『薄い聖典』といいます」

「薄い聖典……」

いかにも厳かな口調で、ジークフリードが復唱してくれる。この時点でアリアは死にたくなった。

「さ、……最初にお断りしておきたいのですが。これらは全て有志による自費で、かつごくごく密やかに刊行されているものです。もちろん市場に流通してはおりません」

「そうか。自費で書籍を……すごいな。さすが大神殿に使える聖職者とあって、皆なんとも勉強熱心なことだ」
（ヒッ）
やめてください感心したように頷かないでください。褒めてほしくて言ったんじゃないんです。あと熱心は熱心なんだろうけど熱の注ぎ先は断じて勉強にではありません。

「手に取ってみても問題ないか？」

当然といえば当然だが、興味をそそられたらしいジークフリードから尋ねられ、アリアは重苦しい息を吐き出しつつ頷いた。

今の時点では、どうしてアリアがこんな酸っぱいものを口に詰められたような表情をしているのか、彼としては想像もつかないだろう。数秒後には嫌でもご理解いただけるだろうが。

片手を挙げて「失敬」と断り、ジークフリードは冊子——『薄い聖典』をいくつか選ぶ。それから、順繰りにざっと表紙に目を通し。

——固まった。

当たり前だ。

(うっ)

アリアは内心で呻く。もうシクシクと胃が痛い。

「……なん、だ？　これは……『我、王子として生を享け』『ジークフリード戦記』『王太子殿下の優雅な日常』『ジークフリード・イーライへの愛に目覚めた行動派女官は、今日も王宮で大暴れする』『行け行けジークさま奮闘記』『私は壁になりたい』……」

「やめて！　私を殺して！　海に捨ててぇ！」

思わず絶叫する。

不意打ちで題名を音読されて、うっかり落命しそうになったのだ。

突如、悶絶しながら頭を抱えたアリアに、ジークフリードは赤い目を丸くしている。

「す、すまない。何か気に障ることをしたか」

「い、いいえ……も、も、申し訳ございません……こちらこそ大変に不敬な……発言をいたしました……」

今のでだいぶ寿命ごと精神力を持っていかれ、息も絶え絶えなアリアに、いささか焦った様子でジークが恐る恐る尋ねてくる。大丈夫です、断じてあなた様にはなんら罪などございません。

羞恥心が耐久度を軽やかに超えたせいで顔を上げられないアリアは、次いでパラパラ、と中身を捲る音も聞こえてきて、悲鳴を呑み込む。

まさか。読まれている。薄い聖典を。目の前で。よりによって、ジークフリード・イーライそのひとに。

終わった。何がって、人生が。

（ご、ご勘弁を……もう許して……）

しばらくその場に、無言で頁を繰る音だけが響いた。

アリアは再び死にたくなった。というより、なんならここに来た時からずっと死にたい。いっそ天からいきなり槍が降ってきて、自分だけに直撃しないかなと願ってもみた。無駄だったが。

「ええと、…………すまん。念のため確認させてほしいんだが。これに登場する『ジークフリード・イーライ』というのは……俺、か……？」

「……」

今度こそ何も答えられず、アリアは両手で顔を覆った。

蚊の鳴くような声で「さようでございます……」と返事ができたのは、たっぷり数十秒は間隔が開いてからだろうか。

「すまん。ええと、これらが俺についての本だとすると、なぜ君が……？　というより巫女たちや巫女見習いたちは、一体どういう経緯で」

「それはですね‼」

そこからはもう、やけっぱちだった。

いっそ全てを吹っ切って清々しい心地にさえなったアリアは、得意の怒涛早口長広舌を、ここぞとばかり存分に発揮した。

自分がこうした『薄い聖典』小説の書き手で、しかも大手の題目になってきた「ジークフリードもの」の元祖のような存在であること。

日々ジークフリード王太子殿下の情報を、目を皿に耳をシーツのように広げ凝らしながら収集し、その全てをネタに変換して、架空の「わたしのかんがえたさいきょうのジークフリードでんか」の虚妄情熱他諸々を、思う存分に原稿紙面にぶつけてきたこと。

あまつさえ、捏造妄想五十割の小説を書き綴るのみならず、それを大量に印刷し、同輩から対価を得ては配ってきたこと……。

結構な勢いで読まれているおかげで、現在は「ジークフリードもの」の読み手ばかりでなく書き手も増え、ここにある本のうち三十冊程度は自分が刊行したが、他は別作家が書いたものの蒐集物であることまで。ちなみに、双方合わせて二百冊はくだらない。

最初は呆気に取られて聞いていたジークフリードの目が途中から点になったあたりで、アリアはバッと勢いよく顔を下向けた。そこから先は、怖すぎて視線を上げられていない。

「私、今までこれだけあなたで不埒な妄想を繰り返してきたんです！　いえ、妄想ですませるどころか出力して印刷までかけて銀貨一枚で頒布しておりました。これを一冊でも読んだら、いくらあなたが心が広いお方でも、私に失望どころか絶望して、二度と顔も見たくなくなるはずです！」

「……そうか」

「い、以上です……」

話を締め括ったあと、痛々しい沈黙が場に落ちた。

（終わった。死んだ。処刑だ。むしろ殺してください……）

ジークフリードは黙っている。静寂が、針となってアリアを苛んだ。

——が。

「ええと……総合すると、だ」

しばらくして、沈黙を破ったのは彼の方だった。

「君は、会ったことのない俺について想像した内容で小説を執筆し、販売してきた、と」

「恐れながら殿下。販売ではなく頒布です」

「……どう違うんだ？　まあ、とりあえず続けよう。……あー、頒布してきたと。ただ、一応は巷に流布した事実を下敷きにした内容もあり、その分野の書き手では、ひとかどの地位を得ていると。君が、俺のことにやたら詳しかった理由に、やっと得心がいった」

「はい……」

「例の『慕っている』発言については」

「わーすごーいかっこいい的な、こう、主に憧れとか崇拝とかそっち方面です」

「なるほどな……」

答えを聞いたジークフリードは、口元に手をやり、目を伏せた。とても絵になる構図だが、何がどう「なるほどな」なのか。怖すぎる。何より、できたらその御手に持たれた薄い聖典を、いったん離していただけるとありがたいです。心臓に悪いので。

彼はそのまま何ごとかしばらく思案したのち、「……よし」と頷いた。

魂が燃え尽きたアリアの方は半ばサラサラと砂になりかけていたが、相手が問題を理解してくれたものと思い、若干ホッとする。

「おわかりいただけましたか。では、改めて求婚は取り下げていただいて、こんな気色悪い女などではなく、ぜひ別の問題ない巫女か巫女見習いを選び直していただけたらと」

口早に言い募ったところで、「いや」と力強く遮られて、アリアは目をしばたたく。

「君への求婚は取り下げない」

「はい？」

「聖女候補アリアセラ。……改めて、君に願おう」

そして、冒頭のセリフに戻るわけである。

「君が、今まで会ったことも話したこともない俺について一方的な妄想を巡らせて書き綴ったという小説本三十冊、あとは他作家の手になる作品群の蒐集物、合わせて締めて二百冊。全部読み切っても俺が君に幻滅しなかったら、この求婚を受けてくれるか？」

――と。

「本気ですか⁉」

思わずアリアが叫んでしまったのも無理からぬ話である。ただし、残った理性でかろうじてこれだけは付け足した。

「後生ですから、他作家さまを巻き込むのは勘弁していただけませんか……」

「とりあえず借りても構わないか？」

丁寧にもアリアに許可を得た上で、ジークフリードはアリアの所蔵本を全て持ち帰った。ぬかずいて慈悲を乞うたものの、なんやかやと丸め込まれて、蒐集物まで全て召し上げられた。「せめて他作家さま方の身元だけは探らないでくださいませ」とは意地で約束してもらったものの、全方位への申し訳なさで墓穴を掘って物理的に埋まりたくなる。

修練場の近くで待機していたところを呼び寄せられた護衛騎士たちは、やたら重たい謎の木箱を運搬するよう命じられて、しきりに首を傾げていた。彼らのやりとりを聞いている間中、アリアとしては生きた心地がしなかった。

「大切なものだろうから、返却までの期限を決めよう。一週間で返しにくる」

「はい……」

自分の書いた『薄い聖典』の存在を、まさかの登場人物ご本人にバラした上、それを持ち帰って読まれるという苦行に、アリアはめまいがした。

割と品行方正に暮らしてきたと思っていたが、かように残酷な神罰が下るような何かをしでかしてしまったでしょうか……と虚ろな目にもなる。

かくして。

颯爽とその場を去ったジークフリードは、本当に一週間で本を返却しにきた。

――場所は同じ修練場である。

本日は前回のような晴天ではなく、灰色の雲が空に厚く垂れ込め、泣き出しそうな薄暗さを演出していた。風はやや強く、廃墟となった柱の群れや壁の残骸の間を寒々しく吹き抜ける音が、やたらと耳につく。

柳やオリーブの緑も、こうも淡い陽光の下では、活気が失せたように重く色を沈ませている。「今日という日が、できるだけ遅く来ますように」と悶々と願いながら待っていたアリアとしては、これ以上ないほど心象を写し取ってくれた風景である。

「読んだ」

「……はい」

護衛を下がらせたジークフリードから、開口一番報告を受けたアリアは、ギクシャクした動作で顎を引いた。

そして、――ふっと悟り切った表情で微笑む。

　この先、何を言われるかは予想がついている。

（こんなものを平気で書いてあまつさえ人に配るだなんて、心底軽蔑するとか気持ち悪いとか、コイツよくもまあ俺の目の前で平気で息ができるな？　死んでないのはおかしくないか？　とか思われますよね。わかります。むしろ、殿下はお優しいから、心の中ではものすごく反応に困っているのに『苦しゅうない』的な慰めをおっしゃってくださるかも……いや多分そう……なんにしても死ねる……）

　常の脳内早口で、さっさと結論を出したあと。

　胸の前で手を組み、そっと長いまつ毛を伏せ。アリアは淑やかな所作で、粛然と先に告げておくことにした。

「遺書でしたら巫女長に預けて参りました。どのような処罰でも受けます……」

「待て待て待て」

　途端、慌てたような調子でジークフリードに止められた。

「なんでそうなる！」

「？　こんなものを無断で量産して頒布していたのですから、不敬罪で処刑一択では」

「そうはならんだろう」

「え」

　予想は外れたらしい。

　相手の雰囲気を不思議に思って顔を上げたことで、アリアはやっと、ジークフリードが怒っても軽蔑していそうでも、なんなら戸惑っているわけでもないことに気づいた。

　至っていつも通り、冷静なのだ。

（もしかして、読んだものが不気味すぎて、無我の境地に達してしまったとか……？）

　さらに悪い想像ばかり巡らせるアリアの様子など素知らぬふうに、ジークフリードは切り出してくる。

「読んだ上で。結論の前に、先に条件を確認しておきたいんだが」

「……は、はい」

「今回アリアが俺の求婚を断ろうとしていたのは、ええと、この、……なんだったか」

「薄い聖典」

「そう、その薄い聖典の執筆をしているから、ネタにしていた俺に対して後ろめたさがあるためだ、という認識で合っていたか？」

「え？　あ、はい。その通りでございます」

　もうちょっと突っ込んで言うと、「だって気持ち悪いでしょうこんな女！　というかむしろ私が私を殿下に近づけたくないんですよ！」である。

（私はただ殿下を支持する一臣民であれば満足です。あなた様は不可侵の聖域なので）

――なんてことをまさか口に出すわけにもいかないアリアが、神妙な顔で黙り込んでいると。ジークフリードはいいように解釈したのか、言葉を継いだ。

「では、俺がルクレツィア妃殿下と反目し合っていることで、例えば婚約者になったら己が睨まれるかもしれないとか、そういう意図ではない、と認識して大丈夫か」

数日前にも問われたことだ。ただし、「ルクレツィアの方に媚びたいからか」とは聞かれなかった。本の内容で、害意がないことだけは伝わったらしい。要らない熱意も一緒に伝わってしまったかもしれないが。

そのことにやや安堵しつつ、アリアは即答した。

「もちろんです」

こちらとしては、お力になれることならなんだってやります、とまで思っている。

もちろん、これでもかと言うほどネタにして妄想を書き散らさせてもらったという後ろめたさやら罪悪感やらは、相当ある。

が、それ以前に、やはりジークフリードの力になりたいのは紛れもない事実なのだった。

憧れの人よ、幸せかつ健やかであれ。美味しいご飯を食べて、ふかふかのベッドでぐっすり寝て、信頼できるお友達と楽しく笑っていてください。

「幾度目かの質問になってしまうが……こちらの事情を聞いて、俺と王宮に同行すれば、相応に危険が伴う。それでも不安はないと？」

「その点に関しては特に何も。自分の身に降りかかる火の粉程度、どうにでもなります」

即座にアリアは力強く頷いた。

何せこちらは貧民窟の孤児上がりで、巫女見習いとしても周囲に一目置かれるまで上り詰めた身である。身のこなしやすばしっこい逃げ足なら衰えていない自信はあるし、地味なものばかりとはいえ、聖術も実践込みでそこそこ扱えるはずだ。

アリアの様子を見て、ジークフリードは満足そうに唇の端を持ち上げた。

「では決まりだ」

「はい？」

「やはり、君に俺の聖女候補になってもらいたい」

手を取って、改めて二度目の求婚をされ、アリアは目を白黒させた。

「えええ⁉　ほ……本気ですか？　本当にちゃんとお読みになられました⁉」

「ああ。全部読んだが、そんなに驚かれるようなことだろうか？　俺も一応、巷で上演されている劇や芝居に名を使われることもあるようだから。よく考えれば、別に題にとられること自体は、そこそこ慣れてはいる」

王都ではルクレツィア妃を風刺するものが禁じられているから、そう演目は多くないがと付け足された言葉に、「それも……そうですが……」とアリアは酢を飲んだような顔になる。それはそう、そうだけれども、やっぱり何か違う気がする。

「筆名の代わりに『名もなき一介の書き手』と記載があるのが君の著作で合っているよな？　やはり一番情報の精度が高かったのは君の書いたものだな。まず、『我、王子として生を享け』で、実母を呪い殺された俺が王宮から脱出する時の心理描写も見事なものだったし、そこからあちこち逃げ延びて、ついには貧民窟の孤児にまで落ちぶれるくだりはまさか当時のことを見てきたのかと思っ」

「いやーっ！　お助けを！　どうか命だけは！」

「誤解を招く発言だが!?」

「も、申し訳ございません……あの、詳しい感想をお伝えくださるのは、……せめてこの話が終わるまでいったんは、お気持ちだけで、ご勘弁いただけませんか……恥と申し訳なさで絶命しそうになりますので……」

「そ、そうか。配慮が足りず、すまない」

ジークフリードには、神妙な顔をさせてしまった。悪いのは一方的にこちらですのに。

そこで彼は、一瞬だけ、何か探るような色を目に浮かべた。

「ところでアリア。君の書いた本を読んでいて思ったんだが、君は昔……」

「ななっ、なんでしょう？」

いったい何を問われるのだろうかと、アリアがあまりにも派手にビクついたからだろうか。ジークフリードは迷うように視線を横に滑らせたのち、「……いや、なんでもない」と手を振った。

「二百冊読んだが、気持ちは変わらなかった。ロッドガルド大神殿の巫女見習いアリアセラ。契約上のもので構わない。君に、俺の聖女候補になってほしい」

そういう約束だったな？——と。

直接言葉にはされていないが、にっこりと優雅に微笑むジークフリードの赤い瞳から、ひしひしと圧を感じる。アリアはもう、何も言えなかった。

「……っ、謹んで拝命いたします、殿下……」

「建前とはいえ、いずれ夫婦になる同士なんだから、殿下は他人行儀すぎると思う。ジークでいい」

「そういうわけには」

「ジーク、で、いいから」

「…………はい。あの、……えーと……ジーク、……さま」

「うん」

邂逅によって初めてわかったことだが、憧れの人は、案外押しが強い。

そんなところも普段ならいい題材になるのだが、とても今後はそんなことできないだろう。「さま、も取り払ってくれて構わないんだが」という残念そうな言葉は、聞こえなかったふりをして流させていただいた。

ジークフリード——改めジークの顔を眺めつつ、アリアはくらりと立ちくらみに襲われそうになった。

彼はそんなアリアの様子にしばらく目を細めていたが、不意に、ふと何かに気づいたように「ああ、そうだ」と手を打つ。

「ま、まだ何か」

「いや。話がまとまったところで、君の本の感想の続きを話したくて。この『私は壁になりたい』って連作。ひょっとして語り手の、ある朝目が覚めたら俺の部屋の壁になっていた、女性と思しき『私』とは、君自身の投影か？　ということは、自分を主人公に見立てて俺と交流するような仕掛けになっているのが、なかなか興味深いな。特に三巻目で、俺が背中をつけて壁にもたれかかった時のセリフなんか」

「ヒッご慈悲を！　せめてこの世に別れを告げる祈りの暇をお与えください……！」

「頼むから、誤解を招く発言は慎んでくれないか」

第三章

「あはは、それで結局、断り切れずに婚約することになっちゃったんですの。仕方ないですわねえ、アリアったら」

「もう……笑いごとじゃないよ、セレスってば！」

目の前でコロコロと笑い転げる大親友に、アリアはぷくっと頬を膨らませる。

セレスティーナ――セレスは、アリアと同い年で同期の巫女見習いだ。ついでに、ロッドガルド大神殿に入ってから、ずっと仲のいい友人でもある。

アリアよりもさらに小柄ながら、出るところの出て凹むところのへっこんだ女性らしい体つきに、常に口角の上がった口元と開いた眉が印象を柔らかくする、親しみやすく可愛らしい顔立ち。くるくると金色の渦を巻く長い髪、元から笑っているような眦に、ぱっちり大きなエメラルドの瞳。

じいっと思わず親友の顔を見つめていると、相手には不思議そうに首を傾げられた。

「あらどうなさって？　アリア。わたくしの顔に何かついていて？」

「ううん、セレスは今日も可愛いなって思って」

可憐で清楚を絵に描いたようなセレスは、アリアの自慢の友達だ。

印象が冷たくて人形のようだの、何考えているのかわからないだの、怖いしとっつきにくいだのと評されるアリアに比して、ふんわりと穏やかで優しいセレスは、巫女見習いたちの花園の中でも、憧れの的なのだ。

「あらやだ、アリアったら。褒めても絵くらいしか出ませんわよ」

「それが欲しいんだって」

そして、これは公には伏せてあることだが、セレスはアリアが執筆する『薄い聖典』の挿画担当でもある。

おまけに彼女は、愛らしい容姿と裏腹に、読む前に背後を気にしてしまう過激な官能ものも、表向きには神殿内ご禁制とされる同性愛ものも、悲劇や悲恋、血や内臓が派手に飛び散る酸鼻を極めるような凄惨な描写を伴う恐怖作品も、「おいしーい」と一口に嗜む、生粋かつ剛の妄想女子であった。

実は由緒正しい伯爵家のご令嬢でもあるセレスは、「お母様はともかく、お父様が普段わたくしが描いている絵を見たら、きっと卒倒されますわね」とよくニコニコしていたものである。アリアとしては「お母様はともかくなのか」と気になって仕方ないのは内緒だ。

――さて。

　今アリアたちがどこにいるかといえば、移動中の馬車の中だった。

　同じ王都内とはいえ、俗世と隔離するように小高い丘の上に営まれたロッドガルド大神殿は、王宮のある中心部からはいささか遠い。ただし、これから王宮に直行するわけではなく。諸事情あって一度、王宮にほど近い、別の場所に滞在する予定だ。

　カラコロと石畳の敷かれた道を行く馬車は、いずれ王太子妃となるべき聖女候補を運ぶにしては、華やかな装飾や形式的な儀仗兵の行列などは一切なく。代わりに、何者かの襲撃に備えるかの如く、ものものしい武装をした警護の騎兵たちが付き従っている。

（ジークさまは、騎馬で外にいらっしゃるのよね。目的地で待っていただいていてもよかったのに）

　車窓のカーテンをそっとつまみ、アリアは外を窺い見る。少し離れた場所で、黒い愛馬にまたがり、周りを囲む兵に何か指示を出すジークの姿が見えた。

　考えごとを読んだかのように、セレスが「ジークフリード殿下、律儀なお方よね」と呟くので、思わずアリアは肩を揺らした。

「律儀といえばセレスもだよ。よく私の話を聞いて、ついてこようと思ったよね……」

「あら嫌だ。わたくしこれでも、あなたと並んで聖女候補に挙げられるくらい、腕ききの聖術使いですのに。舐めてもらっては困りますわ」

「あ、ごめん舐めてるわけじゃなくて……巻き込んじゃったなって」

あまりに普段通りからっとした友人の様子に、アリアは思わず苦笑した。

——義母のルクレツィア・イーライから、命を狙われている。

ジークフリードが聖女候補を早々に求める事情を教えてくれたのは、数日前。修練場で改めて婚約を承諾——といっても極めて渋々だが——した時のことだ。

『さようでしたか。それは……ご心労いかばかりかと』

『あまり驚かないんだな。……と、ある程度は察していて不思議じゃないか。君なら』

『ええ、まあ……』

ジークが義母と折り合いが悪い話は、アリアとてかねてより把握していたので、そういうことも王族ならあるんだな……と納得感はある。

納得感といっても、感情で許せるかというとまた全く別な話で、心は「ハァ？　ふざけんな我らが国宝ジークフリード殿下になんてことを」と拳を固めて噴き上がる次第だが。

『……どうしてそこまで目の敵にするんでしょうね』

これは純粋な疑問だった。

たとえば正妃であるルクレツィアに実子がいて、義理の息子で立太子してしまったジークが邪魔になった、などの理由があるならまだわかる。だが、彼女に子はいない。正真正銘、王家の正統を継ぐのはジークだけなのだ。

『妃殿下が異様なほどジークさまを敵視する理由が、いまいち私には見当がつきません』

むしろ自分が彼の義理の母なんて地位におさまった暁には、あまりの息子の可愛さに、デロデロに甘やかしてしまう自信しかない。実際、神殿内で数多の書き手がいる薄い聖典で、アリアもいずれ挑戦してみようと思いつつまだ保留しているジークフリードものの題の一つに、『ルクレツィアに成り代わって彼を溺愛する』という内容の作品群も一定数存在する。皆さん考えることが同じである。

『……その件については、おそらくは大聖者猊下が経緯を知っているはずなんだが』

訝るアリアに対し、ジークは返答までやや間を置いた。言葉に迷っているようだった。

『教えていただいたことはない……ではなく、尋ねるたびにはぐらかされてきた、というのが正しいかもしれない』

『はぐらかされてきた？』

『君に事情を話すのを躊躇っていた俺と同じだ。〝知れば戻れなくなる〟からと』

知れば、戻れないとは。

――なんだか闇が深そうだ。思わず、アリアはごくりと唾を呑み込む。いきなり王宮の暗部を垣間見た心地がして、まさに。

（ネタの宝庫……！）

一瞬横切っていく、非常に不敬にして不謹慎な感想を、アリアは慌てて頭から追い出した。いけない、つい「筆が捗るぅ！」などとたぎってしまった。

そんなアリアの内心などつゆ知らず、――無表情の範囲内ながらちょっと頬を染めて嬉しそうな様子をやや不思議そうにしてはみせたが――ジークは話を続ける。

『とはいえ、今となっては猊下にそれを問うことも難しい。……ここからが本題だ。妃殿下が父上をなんらかの方法で骨抜きにし、国政を乗っ取った……というのは、君の執筆した薄い聖典を見る限り、察しがついていることと思う』

『薄い聖典の話はいったん置いておきましょう』

すかさず制して顔を青ざめさせたアリアだが。しかし、そこから先の話は、アリアにとってまさに予想外のひと言に尽きた。

『君に協力してほしい喫緊の課題は――大聖者猊下を救い出すことだ。彼は今、王宮のどこかで妃殿下に捕らえられ、幽閉されてしまっている』

苦しそうな顔の告白に、アリアは今度こそ飛び上がった。

王佐の大聖者といえば、三百年前から永らえ続けた、ロッドガルドの生ける伝説。そして、実質的にジークの育ての親なのだ。

『猊下が……⁉　そんな、……一体いつから……』

息を吞むアリアの前で、ジークは眉間に深く皺を寄せる。

『半月前だ。いい加減、行いが目に余る妃殿下を諫めに行くと言い置いて、そのまま姿を消してしまった。命を奪われてはいないはずなんだ。彼が命を落とせば、王国を守るためにかけられていた、幾重もの聖術結界が解けてしまうから』

今のところ、それらが影響を受けた形跡はない。だが、揺らいではいるらしい。

ともあれ、猊下は亡くなってはおらずとも、ルクレツィアの手に落ちたことで、その身に何かが起きているのは確かであり。このままでは危うい状況と見ていいだろう。

(あっ、そうか。だからだったんだ)

腑に落ちることがあり、アリアはハッとした。

確かにジークは、アリアの得意な聖術が、浄化や治癒や聖気をたどる探索といった地味なものばかりだと知っても、求婚を取り下げないどころか、「むしろ好都合」と言っていたではないか。

(あれは、大聖者猊下を捜すためだったんだわ。見つけた猊下がお怪我をしていたり瘴

気に苛まれていることがあっても、私の能力ならお役に立てるかもしれないから)

それにしたって、もっとも大きな疑問が残っている。

『でも、大聖者猊下が囚われるなんて……そんなことが可能な人が、果たしてこの世にいるんでしょうか？　他国版の第一写本に触れられるような聖術使いならいざ知らず……』

まずはそこなのだ。アリアは狼狽える。

(だって、大聖者猊下といえば、聖術におけるロッドガルド写本の最強の使い手のはず。たとえ妃殿下の私兵が束になってかかったとしても、そうそう封じられると思えないわ)

聖術は、高位の使い手ともなれば、わずか数行読み上げるだけで山を崩し、炎の雨を降らせる力を発揮する、という。

なんなら、聖句を刻んだ杖や護符を身につけるだけで、数々の術を駆使してみせる術士もいるらしい。そこまで卓越した存在など、噂に聞いたことがあるだけで、アリアには想像もつかない領域だ。が、国全体を守護する広大な聖術結界を、絶えず張り続ける実力を持つ大聖者ともなれば、言うに及ばずだろう。

彼の前では、他の聖術使いも、それどころかどんな武器や軍隊も、ドラゴンを前にしたうさぎの群れと大差ないはず。

『まさか、大聖者猊下に匹敵するほどの聖術使いなど国内にいないでしょう？』

『……いる』

『えっ』

『他でもない、妃殿下が凄腕の聖術使いなんだ』

魔物の召喚や毒物精製の術が殊更得意なはずだと、ジークは苦い顔をした。

そもそも、王国を守護し続けるために、大聖者の神力には常に一定の負荷がかかっているのだという。同等の手練れとぶつかれば、無事ではすまないのだと。

『それでも、猊下も彼女を封じ込めるべく、長年いくつかの術式を編んでいたんだが、先手を打たれて競り負けてしまったようなんだ。俺では聖術に疎くて、彼を助けられない』

『嘘でしょう……』

（いったい何者なの、ルクレツィア妃殿下って。そんなのもう、ドラゴンを倒せるうさぎじゃない。よっぽど何かうまく罠に嵌めたってこと……？）

しかし、これでやっと、ジークが聖女候補を急募していた理由が判明したわけだ。

（猊下がいらっしゃらないからこそ、聖術使いの協力者が必要だったんだわ）

お飾り婚約者としてもなんとか取り繕えて、かつ裏切らないと確約された者が。

『それで私に聖女候補になるようにと仰せだったのですね』

やっと得心がいき、アリアは頷く。

『そうだ。陛下が操られている件も含め、この話は公に伏せられている。要らない混乱を招きかねないからな』

『では私の役目は、ただの聖女候補として王宮に出向き、ルクレツィア妃殿下の魔手をかわしながら、聖術で猊下を助け出すお手伝いをする……ということでお間違いない？』

『理解が早くて助かる』

なるほど。

──なかなかの大役である。

（今更ながら、本当に私でよかったのか疑問すぎるわ……。受けてしまったからには腹を括るけど！）

ただ、ジークが直接連れてきた聖術使いであるからには、ルクレツィアもおそらく最大限警戒してくるだろうと彼は続けた。

『警戒というより、排除だな。目障りでしかないから、誰が来ようと関係ない。先に命を刈ってしまえと、そういう発想になる危惧もある』

『それは……なかなか力ずくの極みですね？』

緊張に、アリアはゴクリと唾を呑んだ。

（はあ）

ジークとした会話を回想し終え、アリアはため息をついた。

馬車で対面に座るセレスには、「幸せが逃げますわよ」とのほほんと笑われてしまった。

（改めて、なんか王宮ドロドロしてるなあ……予想はしていたけど。でも、それはそれで別の妄想が捗ってしまう……業が深い……）

なんにせよ、ジークの育て親が人質に取られているとは、思わず姿勢を正すアリアだ。

（今まで日々心の潤いを供給してくださっていた、憧れのお方の危機は自分の危機！　謹んで助太刀します！　でも全部終わったら神殿に戻りたいし、ついでに創作活動は……改名して文体もちょっと変えるから見逃してもらえたら嬉しいです！）

覚悟と決意とを新たに固めたアリアだったが、そこでふと「そういえば……」と気づく。

「ねえ、やっぱり気になるんだけど、セレスはいいの？　私についてきちゃって。王宮、危険が結構ありそうなんだけど」

ジークの了承を得た上で、セレスには、先の情報をすでに共有してある。彼女の反応はアリアほどではなく、さもありなんというふうだった。さすがは大貴族のお嬢様である。

「もう。さっきも似たようなことを聞いてきたところじゃない。随分と今更ですのね。何度も、耳にタコができちゃうくらい確かめたんじゃありませんこと。わたくしそのたび申し上げてよ？　望むところですわ、って」

「まあ、そうなんだけど……」

（私は私で、親友には無事でいてほしいっていうか）

もじ、と両手を組み合わせるアリアに、ふふっと軽く噴き。セレスは手の甲で、黄金色の髪をさらりと背に流す。

「安全がいいのは、それはそうよ？　でもねわたくし、あなたがわたくしの知らないところで危ない目に遭う方がもっと嫌なんですもの。だって、わたくしあなたの親友で、かつ『名もなき一介の書き手』作品の第一の信奉者を自負しておりますのよ」

「セレス……！」

思わず目を潤ませるアリアの手を、セレスが微笑んで包む。

「というわけで、王宮でも執筆は続けましょうね、アリア」

「……えっ。まさか、王太子殿下ご本人様のお膝元で、ジークフリードものの妄想を爆発させて書けと」

「ネタの宝庫じゃありませんの。解像度の上がる今書かずにいつ書くと」

「ネタの……それは確かに私も思ったけどね⁉」

「わたくしの絵も、今ならジークフリード殿下の毛穴や髭の剃り跡まで緻密に描写できそうですもの！」

「毛穴と髭の剃り跡って、あの方どっちもパッと見当たらないじゃない」

「そうでしたわね」

そんなふうに、二人してとりとめもない会話を続けていた時だ。

「魔物の襲撃だ！」

外から、緊張した護衛騎士の声がした。

――突如。

どんっ、と大きく馬車が横ざまに揺れ、アリアとセレスは同時に座席に縋る。

(な、なに⁉)

手すりのおかげで、かろうじて身体全体がドアに叩きつけられるのは免れたものの、少しぶつけた肩がじんじんと痛む。馬車が横転しなくてよかった、と息をついた。

「小型の翼竜が五頭だ。散開して応戦準備！　――馬車を守れ！」

すかさずジークの指示が鋭く飛ぶ。

にわかに慌ただしくなった周囲に、アリアは慌ててカーテンをざっと横に寄せる。顕になったガラス窓の向こうに、明らかに異様な風体の影がいくつも窺えた。

ぬめりを帯びた鱗に覆われた雄牛ほどの大きさの胴部に、互い違いに動く巨大な皮膜の翼が四枚。長剣ほどの長さもありそうな爪。羊に似た渦巻状の角、びっしり牙の並ぶ顎。

どうやら馬車の激しい揺れは、あの翼の起こした突風に巻き上げられたものらしい。

（あれは――）

狙いを定めるように停空し輪を作る翼竜たちの首に、ふと奇妙な印を見つけ、アリアは窓にますます顔を近づけた。

翼竜はカラスに似た甲高い声で鳴き騒いでいたが、やがてこちらに向け降下してくる。対峙する護衛の騎士たちも精鋭ではあるだろうが、いくら聖典の護符を使った弩や剣を以てしても、あれを相手にするのはいささか分が悪い。

「セレスはここで待ってて」

「はぁい。気をつけてね」

親友はこちらの意図をすぐさま汲んでくれたらしい。即座に判断をつけ、アリアは使い慣れた写本を手に馬車の扉を引き開けると、外にまろび出た。

途端に全身に打ちつける横殴りの風に、思わず腕で顔を庇う。

「ジークさま」

「アリア⁉　なぜ出てきた！　馬車の方が安全だ、早く戻ってくれ」

プラチナの髪とトゥニカを翻して駆け寄ってきたアリアに、馬上のジークは目を瞠っている。

「殿下の騎士たちのお力を疑うわけではなく。聖術を併用した方が勝負が早いです」

雑音に紛れないようやや声を張り上げ、アリアは空中の魔物たちに視線を戻した。

「あの魔獣たち、首に召喚紋があります。聖術で操られているようですから」

報告しながら、ちらと頭の端で考える。

（聖術、って思わず言っちゃったけど。あんなの、本当は正式な『聖術』じゃなく――）

細かいことは後回しだ。

修練場で見せた治癒とともに、浄化の術はアリアの得意分野である。

「このまま戦うと、術の支配のせいで私たちを殺すまで襲ってくるでしょう。無効化できれば、ただの野良翼竜になります」

「野良……わかった、頼む！」

ジークの同意を受け、やや表情を引きしめたアリアは、すぐさま飴色の革表紙を開いた。

使い古した紙面のうち、望む聖句の書かれた箇所に、さっと指を滑らせる。

吹き荒れる風に負けないよう、手にした本をしっかりと握った。途端、不思議と己の周囲だけ凪いだように、望む頁が静止する。

「――〝第三章五十二節三、我が幸運の日が過ぎ去り、我が運命の星が傾こうとも、汝その慈心を以て我が過ちを救い賜う〟……」

それは聖典の中でも、特に強力な『浄化』を司る文言。

唱えた瞬間、アリアの手の中で、頁が淡く輝き始める。指でなぞられた一文字一文字が順繰りに光を放ち、奔流となって翼竜たちへと吸い込まれていった。

——その後の勝負は一気についた。

支配の術から解放された翼竜たちは、騎士たちの剣に翼を少し傷つけられただけで怖気づき、あっという間に四散していったのだ。

「助かった、アリア。話には聞いていたが、君の聖術はたいしたものだな」

「いいえ。お役に立てて光栄です」

両手を胸の前に当てて礼をとるアリアを、馬から下りたジークが感心したように労う。

他の騎士たちも、誰も大きな傷を負わずにすんだようだ。

「君がいなければ、もう少し被害が出るのを覚悟しなければならなかった」

「そんなことは。ただ……」

騎士たちの技量は相当なものだろう、とかぶりを振りつつ。

アリアは先ほど、一つ気になったことがあった。

「あの翼竜たちは、ルクレツィア妃殿下が差し向けたものでしょうか」

「おそらくは。似たようなことが何度かあったから。魔物を召喚して使役するのは、妃殿下の得意な技だ」

なるほど、とアリアは眉を顰める。

「では、刺客……なのですよね」

「それが、何か？」

「翼竜たちにかけられた術から、あまり害意を感じませんでした」

（殺すつもりなら、もっと強力な使役の術をかけて、多少なりとも粘らせるかと思ったんだけど。それよりはなんだか、こっちの出方を窺っているというか、様子見をしているみたいな……）

根拠といえば「なんとなく」以外の何物でもなく、気のせいかもしれない。

とはいえアリアは、これでも貧民窟の孤児上がりだ。単なる「なんとなく」でも、野生の勘の精度には、それなりに自負がある。

「……なるほどな」

アリアの感じた底気味悪さを、同じく察してくれたらしい。

ジークは赤い眼を細め、翼竜たちの飛び去った方角を睨みつつ、眉間に皺を寄せた。

ロッドガルドの王都オセルは、すり鉢状の盆地の上に築かれている。

堅牢な城壁に囲まれた都市は、四つの城門と中心の宮殿を結ぶように大通りが引かれ。区画ごとに整備された街並みは、葺かれたレンガの赤茶色こそ共通だが、薄桃に黄に青に緑にと、彩り鮮やかな壁の家々が立ち並ぶ。

西大陸の華と称されるまるで絵画のように美しい市街地は、この国を経由する東西交易の要でもある。そして、中央に堂々と屹立する荘厳な大宮殿は、その豊かさを象徴するものでもあった。

（外壁を見ることは何度もあったけど、内側なんて初めて入った。これが、ロッドガルドの王宮……）

正門を潜ったあと、思わずチラチラと周囲を確かめてしまいつつ、アリアは思わずため息を漏らした。無論、悲嘆ではない。感嘆からだ。そしてそれは、王宮の建物内に入ってから、いよいよ強まった。

見上げるほど高い天井というものは、大神殿でも見慣れてはいる。しかし、基本的にステンドグラス以外の彩りは一切が省かれ、白のみで塗り尽くされた伽藍と違い、宮殿の内装はどこもかしこも色の饗宴だった。

緋色や緑の高直な塗装を施された壁。細密な天井画。隙間さえあれば梁に窓枠にとこれでもかと取り付けられた、金粉の交ぜられた草花のテラコッタ装飾。透明度の高いガラスをふんだんに使ったシャンデリア。特に用途もないであろうに置かれた東洋の彩色絵壺に、猫脚のコンソールテーブル……。

それらをこっそりと見回しながら、アリアは目を輝かせた。

清貧生活を神殿内で送っていたら一生お目にかかれなかったであろう、素晴らしい品々を見て、考えることは一つだ。

これから暮らす場所での、豪勢な暮らしについてではない。

（資料……！）

実物を目の当たりにできたおかげで、何か宮殿内の描写をする時に、解像度がグンと上がることだろう。

（わあ、すっごい！　王宮の内装、今までは知識が足りなさすぎて『見たこともないほどに美しい装飾が施され』とか『金貨をいったい何千枚積み上げればこのような城を築けるものか』とか、『とりあえず金ピカ』とか、ぼかしにぼかした修辞で誤魔化してきたけど、これからはもっと細かに書けるわ！　そうだ、豪華な食事関連も、とりあえずテーブルに鶏の丸焼き置いとくのから卒業かな⁉　ちょっと目に焼き付けとこ！　瞬きするのも惜しい……頭の中で、目の前の情景を文章に変換して、脳に固着させないと……！）

それありがたい、やれありがたいと、思わずアリアは両手を組んで滂沱の涙を流した。

もちろん内心でのみだ。傍目には、いつものスンッとした無表情を貫いている。

「緊張しているか、アリア？」

隣に立ってエスコートしてくれるジークは、アリアがあまりに無言なので、心配になったらしい。当たり前である。よもや契約上の婚約者が、脳内で目まぐるしく情景描写をこねくり回しているなどと、誰が推測できようか。素直に告白するわけにもいかないので、アリアは「いえ……」と思わせぶりに言葉を濁しておいた。

（それにしても、無事に宮殿に入れてよかった）

大神殿から王宮入りするまでに、実は一週間ほど、ジークの用意した王都内の隠れ家に逗留し、宮廷作法やダンスの教師をつけての猛特訓を経ている。

実家が貴族のセレスはむしろ教える側に回ってくれたが、今まで巫女見習いとしての行儀作法は極めても宮廷マナーなど縁がなかったアリアは、かなり習得に四苦八苦させられたものだ。

かくして、晴れてロッドガルド宮殿に上がり、いずれ王太子夫妻となるべき一対として、王と王妃に謁見する運びとなった。とはいえ、その御前に立つのはジークとアリアの二人だけで、セレスは控えの間で待機してくれている。少し、心細い。

（……ザグラス陛下は、ルクレツィア妃殿下の操り人形だと聞いたわ。だからこれは実質、妃殿下へのお目通りと考えていい）

唯一ありがたかったのは、豪奢なドレス姿ではなく、着慣れたトゥニカでの拝謁が許されたことだ。裾を踏んづける無様を晒さずにすむ。

今のアリアが普段と違うところといえば、いつものメダイヨンと使い慣れた聖典の写本の他、大神殿から貸し出された聖女候補用の肩布や、付属するいくつかの装飾品を身につけたのみである。ドレスはドレスで資料になるのでたくさん見ておきたいが、断じて自分が着たいわけではない。登場人物には着せたいけれど。

大人が肩車してやっと上部に手が届くような巨大な樫の扉が、恭しく左右に開けられ、謁見の間へと導かれる。

緋毛氈を踏んで前に進み出ると、階段の上に据えられた二つの玉座の前で、ジークは膝を折った。許可なく貴人の顔を見ることは、不敬に当たると習ったばかりだ。始終視線を伏せたまま、アリアもヘマをしないように同じ動きをする。

周囲には、壁ぎわに控えるように、今の宮廷で政の中枢を担う高位の貴族たちが出揃っていた。視線が己にいっせいに集まるのを感じ、アリアも身がすくむ思いがする。

「ジーク、そして聖女候補アリアセラ。顔を上げなさい」

（えっ⁉）

ややあってかけられた声は、女のものだ。さすがにアリアは息を呑んだ。

朗々と響いたそれが、聞いていた年齢にそぐわず、高く張りのあるまだ若々しいものだったことにもだが。何より、王太子の婚約者の披露という重要な場面にあっても、王の顔を立てるふりすらせず、王妃が先んじて発言したことにびっくりしたのだ。

（妃殿下が権力を握っているのは、隠す気もなく周知の事実ってことなのね）

改めて、敵の眼前に出てきたのだと実感する。この場に並ぶ大貴族たちも、みんな王妃の手下であると考えていい。

「栄えある我がロッドガルドの国王陛下と、王妃殿下とに拝謁いたします」

淀みなく答えるジークの隣で、教えられた通りに、おずおずと顔を上げる。視界に、高い階の上の玉座が二つと、そこに座す王と王妃の姿が飛び込んできた。

一際大きな玉座におさまったロッドガルド国王ザグラス・イーライは、御年五十を数えるが、座っていてもわかるほどに上背があり、どっしりと鍛え上げられた体躯や、ジークよりも威厳に満ちた顔立ちは、さすがに君主の貫禄である。だが、ジークと同じ黒髪には白いものが交じり始め、その赤い瞳は、まるでガラス玉のように生気が抜け落ちていた。

一方、彼の隣で、真っ赤な唇に艶やかな笑みを刷いてこちらを見下ろすルクレツィア・イーライは、やはり、ギョッとするほどに若い。もはや若いというより、幼いと言っていいかもしれない。

(お年はそろそろ五十に届くと聞いているけれど……まだ二十代前半にしか見えない)

黄金のかんざしやルビーの櫛で飾り付けられ、ふんわりと背中に流された、渦巻く漆黒の髪。そして、透けるような白い肌……。身につけたドレスも鮮やかな緋色で、デコルテから覗く浮き出た鎖骨が眩しくも妖艶だ。

「ジーク。そちらが、あなたの婚約者のお嬢さんね。可愛らしいこと」

顔立ちは美しくも甘やかで、笑み自体は柔らかい。しかし、アメジスト色の瞳は、ゾッとするほど冷酷だった。

(……これは)

その途端、アリアはさらなる衝撃に襲われた。

萎縮のために眼差しを伏せるふりをして、素早く周りを確認する。そして、遠巻きに自分たちを取り囲む貴族たちの影に、そっと視線を走らせた。

(あの中に、『魔術使い』が交じってる)

黒い表紙の聖典を持ち、暗い色の外套を身につけた一群。間違いない。彼らは、聖典の文言を逆さまにしたり捻じ曲げて解釈する外法――通称『逆さ聖句』を使うことで、『魔術使い』と呼ばれる者たちだ。

そして、先日アリアたちを襲った五頭の翼竜――「魔物を召喚して使役する」術は、紛れもなくこの魔術に類するものなのだ。

（い、威圧感がすごい）

自分の武器である聖典は肌身離さず持っているし、後ろにはジークの護衛騎士たちも控えてくれている。それでもなお、ざわざわと胸を引っ掻く不安。

王に謁見するのに護衛を伴うのは本来は許されないことだが、彼は身の安全のために無理を通していると聞いた。さもありなん、だ。外法を使う術士たちを王宮内に引き入れている様子、そして玉座の王が本当に人形のような状態になっていることに、アリアは気分が悪くなった。

青ざめるアリアをよそに、ルクレツィアはジークに水を向ける。

「ジークフリード。お前の活躍は聞いていますよ。東部地方エズヴェル辺境伯領に自ら出向き、直談判して税を下げさせたようですね。あまり王太子として品のいい行いとはいえないけれど？」

「承知しております。妃殿下の命で課された重税に喘いでいるようでしたので。毎年、不作の領ばかり名指しして税を上げるよう命じるのは、妃殿下のご趣味のようですから」

「まあ、人聞きの悪い。エズヴェル辺境伯は珍しい黒色麦の栽培を始めたようだから、適正な量を献上するよう求めただけですよ」

お前こそ悪趣味だ、という副音声が聞こえるようなジークのセリフに、ルクレツィアは気を悪くしたふうでもなくふふっとこぼしてみせる。赤く塗られた爪が、上品に肩にかかった黒髪を掻き上げた。そんな仕草すら、優美で艶やかだ。ギクリとしたのはアリアだ。

(不作の領を狙って重税⁉︎　そんな……ルクレツィア妃殿下、わかってやっているなら、わざと国を荒らそうとしているみたい)

他にも、ジークとルクレツィアは、トゲのあるやりとりをいくつか軽く続けてみせた。

内容を黙って聞いていたアリアは、受けた印象を深くする。やはり、彼女はただ権力に固執しているだけではない。国そのものを傾けようとしているとしか思えない……。

「ねえ、それより。そこの可愛らしいお嬢さん。あたくし、あなたの名前を聞きたいわ」

最後にルクレツィアは、アリアにも興味を持った様子だった。

内心では動揺しつつ、アリアは何食わぬふうを装って首を垂れる。

「ロッドガルド大神殿の巫女見習い、アリアセラと申します。どうぞお見知りおきを」

「アリアセラ、そう。アリアセラさんね。お人形さんみたい。目はサファイア、プラチナの髪も絹糸のよう。声も素敵。あたくし、あなたのこと気に入ってしまったわ。いったいジークは、いつの間にこんなお嬢さんを見つけてきたのかしら……？」

「……きょ……恐縮でございます」

紫の一対が、ひたりと己に据えられているのを感じ、アリアは全身が強張ってしまう。

ルクレツィアの視線が己の全身を舐めるたび、ゾワゾワと悪寒が背筋を這った。

（なんか、すっごく値踏みされているような……！）

こちらはジークが自ら見つけてきた聖女候補だ。確実に彼女の敵なのだから、警戒されているのは察しがつく。

けれどどうも、――それだけではない気がする。

緊張でアリアが声を発せないでいると、素早く察したジークが声をあげた。

「そろそろ我々は失礼致します。我が聖女候補は、長旅で疲れておりますので」

「そうね、いいでしょう。下がりなさい。……次はあたくしとお茶しましょうね、アリアセラさん」

耳にこびりつく声は、糖衣をまぶしたように甘ったるく。

（ええ？　本気じゃないよね、お茶って……）

それがまた、ひどくアリアを困惑させた。

第五章

さて。

かくしてどうにか王宮で暮らし始めたアリアだが。

さっそく一つ、大きな問題に直面していた。

（まずいわ。さすがは王宮内というか……どこもかしこも、ルクレツィア妃殿下の威光で満たされてしまっている）

ジークからの話に聞いた通り、ルクレツィアは宮廷内で、相当に横暴な振る舞いをしているらしい。

気に食わない侍女や召使は、王妃の機嫌が悪ければ容赦なく馘首される。比喩ではなく、実際に首をスパンと落とされるのだ。

見るに見かねて諫言した大臣たちも、皆ありもしない謀反の疑いをかけられて処刑されてしまった。今彼女の周りにいるのは、耳に甘いおべっかを使って取り入ろうとする者か、命を惜しんで口をつぐむ者ばかり。他に勤め先や帰る場所がなく逃げ損ねた使用人たちは、怯えながら主人の顔色を窺って日々をやり過ごすしかない。

（状況が、予想以上に酷い）

おまけにルクレツィアは、外法の使い手や魔物の類を、数多王宮内に呼び込んでしまっているため、正統の聖術使いであるアリアは、のっけからかなりの窮地に立たされているといえた。

なぜなら、聖術とは、その場に満ちた聖気によって力を発揮するものであるがゆえに。

アリアの使う真っ当な聖術は、――信仰する者が少ない分、当然ながら不利なのだ。

（……神殿内で使う時の、半分の力も出ないかも）

これはセレスも条件が同じだ。二人して与えられた部屋で膝を突き合わせ、「私たち、本当にまずいところに来たかもしれない」と改めて頷き合ったものだ。

もっとも、そんなことは今更言ってもどうしようもないし、わかったところでジークに協力しない手はなかったけれど。逆に、遠慮して他の巫女見習いに交代なんてしなくてよかったともいえる。――言ってはなんだが、雑草根性に関していえば、アリアはそれなりに自負があった。

なお、セレスはアリア付きの侍女という立場におさまっている。「王宮に不慣れな年若い聖女候補であるがゆえ、神殿から親しい者を連れてきた方がくつろげるから配慮した」という建前になっているが、当然向こうには聖術使いの戦力として数えられていることだろう。

王妃の力が隅々まで及ぶこの王宮にあって、彼女の監視の目が届かない状況とは、アリアとジークが二人きりで過ごす時のみ。

要するに、夜――夫婦だけの時間のふりをして、内緒話をするしかない。

二人は今のところ、婚約の段階である。ましてや聖女候補とは神殿に仕える巫女であるからして、純潔は守られているべきだ。

しかし王宮の慣例として、「若い二人でお互いに慣れるため、形式だけでも」と、王太子と聖女だけの時間を毎晩持つのは許されていた。指一本触れていない名目だが、本来、そのようなことの相性を試すのを前提にしたしきたり。

ただしジークとアリアに関しては、名実ともに正真正銘、ただの優雅な語らいにして、貴重な作戦会議の時間である。

今日の夜空は薄曇り。

中天にある三日月は濃い灰色の叢雲にまとわりつかれ、時おり風のおかげで顔を見せたり見せなかったり。とはいえ、月光がなくとも、まばゆい発光物が室内にあるならなんの問題もない――とアリアなどは思う。

なぜならこの部屋のあるじたるジークフリードのお姿ときたら、空に月などなくとも、「我こそが月！　むしろ太陽！　一人で宇宙！」という眩しさなのだから。

「というわけで、はい！　ジークさまにおかれましては本日もご尊顔麗しく」

「斬新な挨拶だな？」

「はい。実際麗しいですから」

広々した室内に鎮座まします巨大なベッドの手前で、直立不動の姿勢をとっていたアリアは、身を清めて戻ってきたジークにはきはきと告げて腰を折った。

なお、顔はいつも通りぴくりともしない無表情だが、これでも内心はそれなりに動揺している。

（ぎゃっ、毎晩ながら、湯上がりジークさま心臓に悪い……！　眼福すぎて一生分の視力使っちゃいそう！　ちょっと待って、今書きつけるから。心の帳面に、この光景を記録して忘れないようにするから。えー、えー、……『艶やかな黒髪が、水を含んでやしっとりとしていて。滴るほどの色気があるのに、わずかに寛いだ風情なのが、どこか無防備でもあり。それでいて真紅の瞳は気高さを失わず。白磁の肌に映える、絹の夜着の闇色も相まって、あたかも美しい狼のごとき近寄り難さを」

「待ってくれ。途中から何やら口に出ているが、それは俺に聞かせて大丈夫なやつか」

「全くこれっぽっちも大丈夫じゃないやつです大変大変大変失礼致しました。申し訳ございません。可及的速やかに記憶から消し去っていただければ幸甚至極です」

「鋭意努力はしよう。難しいと思うが」

「では死にます」

「では、で軽々しく死ぬんじゃない」

ちなみにアリアの方は、すでに入浴をすませてある。この王宮に来てからというもの、毎晩毎度「王太子殿下を差し置いて先に浴場を使わせていただくなど……」と遠慮し倒すのだが、都度押し切られている。

そして今、アリアたちがいるのは、ジークの自室、それも寝室だ。

宮殿の内装の豪勢さに最初こそ度肝を抜かれ、「しかもジークさまの自室でしょう⁉　それも寝室⁉　踏み入るのも恐ろしい、目が焼ける、足が溶ける」と慄いていたアリアだが、さすがにこのところ慣れてきた。いや、断じて慣れてはいないが、悟りの境地に入った。これでも順応力は割とある方だ。庭に植えたミントくらいには。

「ところでジークさま。今日こそベッドでお休みください。お身体に障ります」

「……繰り言で悪いが、俺も女性を差し置いてそれはできない。君が使うべきだ」

「そういうわけには参りません。あまつさえジークさまが頭をお載せになった枕とジークさまの背中に触れたシーツは尊すぎ、極めつきに目の前に本物のジークさまがいるなんて。ジークさまと、全てのジークさまをお慕いする皆様への冒瀆です。大罪です。それは私の中の全私が私を許しかねます」

「ちょっとまた何を言っているかわからないんだが……」

アリアの息継ぎなしの長口上にため息をつきつつ、ジークは眉間を揉んでいる。いい加減、彼は彼で慣れてきたのかもしれなかった。

その後、毎晩やっている押し問答の果てに、二人とも各々続き間の長椅子で就寝することになる。これもまた、お決まりである。

気を取り直し、ベッド手前のテーブルセットに対面で落ち着いて。

「それでは本日のご報告です。私の方では、護衛騎士の皆様にご同行いただき、また宮廷内を外廷まで歩いて参りました。内廷と同じく妃殿下からの監視は常に感じましたが、今のところ手出しはされておりません」

「……向こうの動きは今日もなかったんだな」

「はい。聖気の乱れを確かめながら、猊下の所在を探ってもみたのですが。やはり、本来のロッドガルド写本からかけ離れた形で聖典が悪用されているようで、宮廷を覆う瘴気の澱みが深く、どうにも探知がうまくいきません」

申し訳ございません、とアリアは頭を下げる。

聖気というのは聖典への信仰心であると同時に、基本的にはより強い聖術使いに従うものである。大聖者は卓抜した聖術の使い手であるはずなので、少しはルクレツィアの気配を綻ばせているだろうと思っていたのだが、甘かった。

「おそらく、私のような聖術使いが来た時を想定し、よほど厳重に隠されているようです」

「なるほどな……俺の方にも残念ながら、宮廷内に張った情報網や密偵たちからの報告は上がってこない。より深くルクレツィアの懐に入ろうとすれば、魔物や魔術使いに妨げられる状況だ」

「やはり……。あとは、聞き込みの結果です。宮廷内の上級侍女から下働きまで、セレスが探りを入れてきてくれました」

さすがにセレスには、あまり危険な目に遭ってほしくない。そういうわけで、彼女にお願いしたのは、王妃から縁遠そうな人々からの情報収集だ。

「やはり皆さん、警戒してなかなか口を開いてくれないそうです。というより、逃げ場もなくて、城を回す方々の鬱屈もそろそろ限界に達しているようでして……」

「……そうだな。こちらでもできるだけ使用人たちの様子に気を配っているが、そもそも妃殿下を恐れるあまりに俺に近づくこと自体を厭う者も多い。あちらから頼ってくれれば助力もできるが、どうしても後手に回ってしまっている」

ジークが悩ましげに顔をしかめる。

「猊下の拉致先もだが。同時に、せめて使用人たちの保護だけでも急ぎたい。秘密裏に、怖がらせずに話を聞いてもらう状況を作るには、どうしたものか……」

彼の深刻な悩みを聞き、アリアは一瞬、このあとの報告をすべきかすまいか迷った。

頼りになる親友セレスは、この暗澹たる空気に満ち満ちた王宮の状況を察するや否や、こんなことを宣ったのである。

――〝暗い場所は明るく照らし、絶望的な現実には、即物的な希望と夢とをドバドバ注げばいいんですのよ。というわけで、こんなこともあろうかと！　わたくし、いい案を考えましたの。名付けて『同じ筆の妄想を喰った仲』作戦をね！〟

考えたというか、すでに着手もしているらしい。……アリアも知らないうちに。いつの間にか。

「あー……の、恐れながらジークさま」

「？　どうしたアリア」

「その件に関しまして。セレスが先日から、……ちょっとした作戦を実行しているそうでございまして……」

「ちょっとした作戦？」

「はい。大神殿から持参してきたという、私の書いたジークフリードものの在庫を、いっせいに放出して使用人たちに貸し出し、娯楽にしてもらっているそうです」

「ゴホッ」

優雅に唇をお茶で湿らせていたジークが盛大にむせた。

　ですよね、とアリアは白目になる。何せ他でもないアリアこそが、これを最初に聞いた時は、衝撃のあまり卒倒しそうになったのだから。

「……一体なぜ⁉　どういう理屈でそうなった⁉」

「なんでも、ジークさまを敬遠するのは、妃殿下に対抗する、その実力を疑っているからではと……。ゆえに、みんなでジークフリードものを読み、ジークさまを礼賛し、地上に舞い降りた天の御使いにしてこの世の珠玉と崇め奉れば、中には協力を得られる者もいようということらしいです」

「……そう、……か……？」

「幸い宮廷に出入りする者は、身分に拘らず識字率も高いですし。順調に蔓延、いえ、普及しているようです」

「………そ、そうか………」

　途端、ジークは額に片手をやった。実行済みという作戦を聞いたアリアも、先ほど両手で顔を覆ったところだった。

　しかし驚くべきは、この『同じ筆の妄想を喰った仲』作戦、意外にもかなり好調だそうである。最初はセレスを警戒していた人々も、徐々に舌が滑らかになりつつあるらしい。

　おまけに、女性ばかりでなく、男性読者もきっちり掴んでいると。

「侍女侍従から料理人から庭師から被服係からその他下働きの皆々様から、すっかり虜だそうです。もう少ししたら、今まで知り得なかった情報も聞き出せるようになるかもしれません。何か動きがあれば、また報告致しますね」

「わかった。助かる」

「今回は貸し出しと言いつつも実質は無償頒布なので、在庫が足りなくなったら、活版印刷屋で増し刷りを発注しなければならない可能性もございます。その際の清書原稿と、表紙絵や挿画用の銅版は持参しておりますので」

「わかった。必要な時は言ってほしい。手配は任されよう。費用も気にしないでくれ」

「ありがとうございます。各冊子の装丁に関しては、表紙と本文に使用している紙の種類レシピは書き付けてお渡ししますので……って、自分でご報告しておいて恐縮ですが。だんだん、なんの作戦会議なのかよくわからなくなってきましたね……？」

「……そうかもな……？」

さながら、セレスと日々やっている、『薄い聖典』製作会議の様相である。

しかし、本日の報告会と作戦会議はここで終わりなので、普段ならば、恒例「このままベッドにどうぞ」「君こそ使ってくれ」の押し問答が再開するはずなのだが。

お互い席を立ったところで、ジークはふと視線を巡らせた。

「ところで。君に少し、聞いてみたいことがあるんだが……」

「はい？」

「君が、あまり自分の身を飾ることに興味がないのは知っている。かといって、美食や高価な装飾本にお金をかけているふうでもないのが、少し不思議でな」

「ええと、……急にどうされましたか?」

あまりに脈絡のない話が始まったので、アリアは鉄仮面の無表情ながら、わずかに眉間に皺を寄せてしまった。

「いや、すまない。下世話で申し訳ないんだが……君の自費出版事業は、それなりに売り上げているはずだろう。一冊が銀貨一枚なのだとしたら」

「？　はい。印刷料金そのもので、それなりに飛んでいってはいますが、そうですね。利益自体は割と出てはいます」

「なのに、君自身の暮らしぶりに、あまり反映されている様子がないのが疑問でな。資料や趣味の書籍は買っているかもしれないが、それにしたってそんなに大した額でもないだろうし」

「あ、……それは」

確かに、アリアのトゥニカは大神殿から支給されたものばかりで寝巻きも同様なので、私服はほぼないに等しい。手持ちの聖典やメダイヨンも、昔からの使い古しで飾り気のない品だ。美容にいい薬草や化粧水にも興味はない。贅沢な食事にも、金銀の装身具や、凝った調度にも。

要するに、暮らしぶりは質素そのものだ。

だとすれば、薄い聖典を売って出した儲けを、一体どこに使っているのか——という、言ってみれば、なんてことはない疑問なのだが。

「……お答えしないとダメですか？」

やや狼狽えつつ、アリアは視線を斜めに落とした。

(迂闊だった。まさか、この方にそれを訊かれるとは……)

実は毎度、使い道は決まっている。出版費用や他の作家が出した薄い聖典を買う予算を抜いて、手元に残金はない。

(断じて後ろ暗くはない、けど。ちょっと言いづらい内訳なのよね)

他の人にはよくても、——とりあえず、彼にだけは。

「ああ、いや……言いたくないなら、それは構わないんだが。じゃあ、代わりに俺が大きな独り言を言うから、できればそれに『はい』か『いいえ』くらいは答えてほしい」

「……は、はい」

「ご覧の通り妃殿下に疎まれている俺は、私財の状況まであの人から逐一監視されていてな。聖術に長けた護衛騎士などの兵力を補おうにも、事前に用途を知られては邪魔されていたんだが」

彼は語る。

――王妃の専横は、もちろん今に始まった話ではない。

そして、懐事情を全て知られては、することなすこと筒抜けに等しい。いくら国家の中枢たる大聖者猊下の庇護下にあるとはいえ、彼は彼で、好き勝手に振る舞おうとする王妃の対応で手いっぱいなところがあり。

ジーク自身は実質、動きをがんじがらめに封じられている状況だった、と。

「そういうわけで長い間歯痒い思いをしていたんだが。だいたい五年くらい前だったと思う。急に状況が変わった。妃殿下の把握していない民間から匿名で、内密に俺への寄付があったんだ」

王宮の予算に比べてみれば、計上するのも憚られるような、ほんの微々たる額かもしれない。が、王妃の関知し得ない金であることが重要だった。

不思議に思いつつ、ジークは一か八か、その寄付を受け取った。そして、それを元手に、投資などで秘密裏に転がして、額面を増やし。そのうちに、彼の評判を聞いて、ジークに援助をしたいという貴族たちも現れるようになった。

結果。

ルクレツィアの鼻を見事明かし、彼女の知らない財力を、密かに蓄えることに成功したのである――と。

「へ、へー……」

「ちなみに、同じ人物からの寄付は、今に至るまで定期的に続けられている。名義は、『名もなき一介の貢ぎ手』だ。どこかで聞いたような名付けだな」

「さあ？　ど、どこでしょうね……」

「あれは君なんだろう？」

「……」

「答えるのは、『はい』か『いいえ』だけで構わないんだが」

念を押されて、アリアはぐるぐると視線を巡らせた。

（うう。まずい。バレてたと思わなかった……！）

だらだらと冷や汗を流しつつ、アリアは鉄壁の無表情の下で、動揺しきりだった。碧い瞳はさすがに揺れてしまうが、それをじっと彼に観察されているのを気にする余裕もない。

（嘘でしょ!?　まさか、あんな個人名義の、きっとジークさまにしてみれば端金にもならないようなお金のことを認識しておいでだなんて……！）

質問を受けたまま、黙りこくって微動だにせず、すっかりと彫像のようになってしまったアリアに、「すまない、追い詰めるつもりじゃなかったんだが」とジークは苦笑してみせる。

「もし君だったら、お礼を言いたいと思っていた。ありがとう。あの支援のおかげで、妃殿下と対峙する資金上の突破口ができた」

「……あ、の」

「君は文字通り、俺の命の恩人だ」

「！」

その言葉に。

アリアは胸がいっぱいになって、思わず俯いた。

（そんな、私は……できることをしただけで）

どうしてそんなにジークに肩入れするのかと問われれば、ちょっと自分でも不思議なくらいだとは思っている。

美しくてかっこよくて、有能で、高貴で。そういう「素敵で綺麗なもの」への純粋な憧れも、もちろんあるけれども。

でも、――実際はそれだけではなく。

おそらくは彼が、「一時的にでも、逃げ延びた先の貧民窟で、孤児に紛れて生活していた」という、その生い立ちゆえかもしれない。

（……あまり他人ごととは思えなくて）

王国は広い。

彼がどのあたりで潜伏していたのか、アリアにはわからないけれど。

――かつて大神殿に保護されるまで、泥水を啜り、残飯を漁って、ボロにくるまれて暮らしていた時。ありがたいことに、アリアは一人ではなかった。

（仲間がいっぱいいたし、ずっとみんなを統率して、守ってくれてた男の子もいた。年上だったから、『お兄ちゃん』って呼んでたっけ。もう名前も思い出せないし、黒髪だったってこと以外、顔もぼんやりだけど……）

実は、食うにも困る貧民窟出身ではあるけれど、アリアは盗みや暴力や、自身を売るような生業とは無縁でいられた。神殿に拾ってもらえたのも、その経歴の清らかさゆえだ。奇跡に等しいことであるが、ひとえに自分を含めた仲間たちをまとめていた『お兄ちゃん』の手腕である。

どこからともなく仕事を見つけ、住処を整え、仲間内で守るべき規律を作り。今思い出しても、子どもながらに、大人を圧倒するほど強く、何よりも恐ろしく頭の切れる少年だった。孤児のはずなのに、どうしてだか文字や算術の知識もあって、時間を見つけては仲間に教えてくれてもいた。

（私はあの子のおかげで、大神殿の巫女見習いになれた。……『お兄ちゃん』が今どうしているのかはわからないし、私が出る時には何十人もの集団をまとめてもいたから、きっと向こうは、数いる仲間の一人でしかない私のことなんか、とっくに忘れちゃってるだろ

うな)

改めて己の内側を見つめ直してみれば。

きっと、かつて自分を助けてくれていた貧民窟の少年と、彼の過去を重ねていた。なんなら、──遠回しに恩返しができたら、なんて思っていたのかもしれない。ただ、同じ髪の色で、似たような年頃だというだけで。

(彼は私の『お兄ちゃん』じゃないのにね)

だから、ジークに憧れるのも彼を助けるのも。全部全部、ひどく勝手なアリア個人の事情。ここで何を言うにも、己の気持ちを表すには不正確な気がして。口をムズムズとさせ、アリアはしばらく黙りこくっていたが。

「その、……あなた様の支援者のことを、残念ながら、私は存じ上げませんが」

あれこれと言葉を頭の中でこねくり回したのち。アリアはやっとのことで、口を開く。

「もし私がその支援者だとすれば、きっとこう思っていると思います」

うっかり周りに引かれるほどの、お決まりの息継ぎなしな長広舌はどこへやら。なんだか柄にもなく、ひどく訥々とした口調になってしまった。

「嬉しくて、今死んでもいいくらいだわ、って」

呆れるほど時間をかけて言葉に迷ったのち、やっとのことで真顔のまま告げるアリアに、ジークは苦笑した。

「それは困るな。君のことは、安全に、かつ無事に、大神殿に返すと約束したから」

その瞳の鮮やかな紅が、予想外なほど優しく和んでいる気がして。

「……っ」

思わず、どきん、と心臓が強く跳ねる。

(全く！　笑顔の安売りはしないでいただきたいものだわ。このお方ってば、本当に顔がいいんだから！)

己を茶化すようにして、アリアは己の心を誤魔化した。そこでふと、以前彼が何か言いかけていたことを思い出す。

――〝ところでアリア。君の書いた本を読んでいて思ったんだが、君は昔……〟

(あれは、このことだったのかな……？　にしては、やけに私の顔を確かめていたような気が……)

またぞろ思案に耽りそうになるが、慌てて振り払う。ここで考えることではない。

(今この時にも、大聖者猊下の身が脅かされているのは確かなんだもの)

たるんでないで、しっかりしろ、と。

アリアは己の両頬を軽く叩いて、自らに喝を入れた。

「妃殿下の居住区画内に、北の塔とやらがあるそうでしょう？　王宮の北端にある尖塔で、過去には政治犯用の牢獄に使われていたとかいう。なんだか最近、そこの警備がやけに厳重になったという話を聞きましたのよ」

――やがて、セレスが重要な情報を掴んできたのは、それから十日後のことだ。アリアが夜の作戦会議でさっそく話すと、ジークは眉根を寄せた。

「それは、いつ頃からだ？」

「もうひと月近く経つと」

「……時期も合うな。間違いないだろう」

ジークの言に、アリアも頷く。

「大聖者猊下は、北の塔に幽閉されていらっしゃるんですね」

ようやく、目的に一歩近づくことができた。高揚感を覚えつつ、アリアは決意を新たにする。

（場所がわかった。これは朗報だわ。頑張ろう。必ずお救いします、猊下）

が、悲報も一つ。情報と引き換えに、アリアの書いた『薄い聖典』は、王宮に仕える者たちに、すっかり満遍なく浸透してしまっているという。

恥ずかしさが悶死ものだが、必要な犠牲だと思うしかない。

ロッドガルドの花の王都オセルは、大陸の東西を結ぶ陸上貿易の要衝でもある。

その街並みにも、古来より続く西の伝統文化に、程よく東の影響が乗る。色彩鮮やかな家々は、建築様式こそ西のものでも、壁の赤には東方のベンガラが、緑には緑青が混ぜられているらしい。他にも黄や桃色、薄青などに塗られた家々もあり、さらにはバルコニーには籠に活けられた季節折々の花が溢れる。それらが整然と並んだ様は、まるでおもちゃ箱のように可愛らしい。

ただし、その活気は、同じ王都内でありながら、区画によって顕著に異なる。――ありていに言えば、王や王妃の直轄区である北と西は荒れ、王太子ジークフリードが管理を任されている南と東の地区は、景気や治安がしっかり維持されているのだった。

特にここ、東区の目抜き通りであるアランベール大路は、ありとあらゆる品物を扱う店が集まり、今や王都随一の賑わいを誇っている。

(久しぶりに来た気がする……そんなに前から間は空いてないのに)

使い慣れた巫女見習い用のトゥニカとメダイヨンを身につけたアリアは、スレートの石畳を踏みながら、新鮮な気持ちであたりをキョロキョロと見回した。

堅パンで拵えた細工飾りを吊るしたパン屋からは小麦を焼き上げる香ばしい匂いが漂い、仕立屋の店頭には美しいドレスを着せつけられた人形が並び、花屋の屋台では色とりどりの薔薇が街に華を添えている。いつも通りの、なんてことはない風景だが。

(なんだろ。初めて来たみたいな緊張が)

何せアリアにとって、このあたりは、よくよく馴染んだ地元なのである。大神殿で外出許可を取って出向くのは、だいたいここだった。

なぜなら、行きつけの店があるからだ。

――こんな状況で来ることになるとは思っていなかったけれど。

「あの……こ、こちらです」

無言で歩いていたアリアは足を止め、傍らを振り仰いだ。そして、隣に立つ人に、表通りから一本裏手に入った小路を示す。

見上げた相手――ジークは、アリアが気を張っているのを知ってか知らずか、ニコリと淡く微笑を返してくれる。

「ありがとう、アリア。じゃあ、行こうか」

「はい……あの、再度確認いたしますけれど。ジークさまは本当によろしいんですか？　これからするのは、本当になんてことない発注作業ですよ？」

むしろ何を頼むのかわかってついてきているのがたちが悪い、とは思っていても口に出さない。出せない。

おずおずと確かめるアリアに、「ああ」とジークはしっかり頷いた。

「俺が見てみたいから行くんだ。『薄い聖典』の印刷発注を」

（ヒィ！　お願いだから勘弁してえ！）

たった十九年しかないとはいえ、生きていて、誰が予想できるだろうか。

よもや、ジークフリードものの『薄い聖典』の刷り増し発注に、よりによって当のジークフリード王太子同伴で行くことになるなんて。

居た堪れなさが限界値を突破し、アリアは両手で顔を覆った。

（あああ、なぜ……なぜ、こんなことに……！）

事の発端は、つい昨日の作戦会議である。

セレス発案・実行の『同じ筆の妄想を喰った仲』作戦はなかなかの順調ぶりで、アリア

の書いた薄い聖典は、瞬く間に王宮内に蔓延……もとい、浸透していった。娯楽の少ない環境であるのは、ルクレツィアが幅を利かせる今の王宮も、戒律厳しい神殿と大差なかったらしい。おまけに無償での頒布なので、評判を聞いて興味を持った人が次々と欲しがり、在庫はあっという間になくなった。

普段なら非常にありがたい話だが、今は内心複雑なアリアである。

まず、書き手が自分だとは絶対に言いたくない。そこは後生だから伏せてくれと半泣きで――もっとも見た目には単なるいつもの無表情なので、セレスでなければ半泣きと見抜いてもらえなかっただろうが――頼み込むと、彼女には「仕方ないですわねえ」と含み笑いで承諾してもらえた。ありがとうと言うべきか迷う。何せ元凶様なので。

『というわけで、在庫が切れた薄い聖典の追納をせねばならないと思いまして……』

もはやなんの報告をしているのやら……と頭痛がしそうになりながらジークに申し出ると、「では、護衛騎士を派遣しよう」と快く請け合ってもらえた。彼には、当初より「馴染みの活版印刷屋で発注をかける時のレシピを共有します」と言ってあったアリアだが。

ここで、――個人的には重大だが、傍目にはしょうもない問題が出来した。

(表紙はエンボス加工の厚み三番紙で色指定はくすみヴァイオレット、文字の大きさは絵に対して特大中央揃え、字体は太字ロマネスコ、三版からの修正箇所は……って、……頼めるかぁあ!!)

——鍛錬を積んだ忠実かつ勤勉な護衛騎士たちに、「あなたたちの主君を主題にとった、場合によってはほんのりいかがわしい薄い聖典の印刷を頼む」という申し訳なさすぎる事態に、アリアの魂が絶叫をあげたのだった。おまけに、印刷費もジーク持ちなのだ。

おっかなびっくり、アリアが「細かい修正依頼や確認などもありますし、ここは自分で行かせていただいても……」と願い出ると、やはりジークは快諾してくれた。

——ただし、「自分もお忍びでついていく」という条件で。

そういうわけで、王都市街地に、やんごとなき王太子殿下と二人で『薄い聖典』の印刷発注に出てきたものである。

(ジークさま、絶対お忙しいはずなのに！　どうやって時間を見つけてきたの……)

もちろん、お忍びといえど護衛騎士たちもきっちり付き従ってくれているし、馬車で行ける最寄りの広場まで送ってもらえる。さらにはジークも身分を隠すために、最初に出会った時と同じ黒い外套でフードを目深に被っている、のだが。

路地裏の、普段使っている店に、まさかの憧れの人と一緒に行くという状況に、アリアの脳はボコボコに沸いていた。残念ながら、嫌な想像で、である。

(この人のことを隅から隅まで妄想して書いてる本の修正を、ご本人さまの隣で、いつもの店主に口頭で発注依頼かけるの？　無理……)

もちろんそんな内心など、ジークが斟酌してくれるはずもなく。

裏通りに入ってすぐ、行きつけの『イルベス印刷』の看板を見つけ、アリアは意を決してドアを押した。からんからん、と来訪を告げるベルが鳴る。

薄暗く狭い店の中には、インクの香りが濃く満ちていた。壁一面の棚に、びっしりと組版に使う活字が詰まっている。鉛を用いた合金製のそれらは、字体や大きさごとに整然と並べられ、奥の印刷機と共に静かな存在感を放っていた。

手前の勘定場の椅子にかけて本を読んでいた店主が、こちらに気づいて目を上げる。ころんとした輪郭に白髪交じりの髭も柔らかそうな、顔つきに人柄のよく出た馴染みのおじさんである。

「おお、いらっしゃい。アリアちゃんか。また『薄い聖典』の印刷かい？　……おや、今日は恋人同伴かね。すみに置けないね」

「こんにちは、イルベスおじさま。断じて恋人ではございません」

「そうだな、恋人ではなく婚約者だ」

「うん？」

真顔で、ジークが余計な訂正を入れてくる。アリアは嫌な汗をかいた。相手が王太子でなかったら、うっかり肘で突いていたところだ。

いろいろと言いたいことをそばに置いておいて、アリアはジークに「私は発注を終えてしまいますので、よろしければ店内を見て回ってください」と頼んだ。「わかった」とさほどの抵抗もなく承諾してもらえたのでホッとする。

そのまま、もの珍しそうに棚の活字を検分するジークを横目に、アリアは店主に話しかけた。

「今回も増し刷りをお願いしたいんです。ちょっと数が多くなるから大変かもしれませんが……」

「いいよいいよ、アリアちゃんの本はよく増刷するから、組版をそのまま保管してあるんでね。何か修正はあるかい？」

「あ、はい……」

チラチラとジークを気にしつつ、アリアは発注作業を終えてしまう。彼は印刷機をしげしげと観察していて、なんだか無性に照れくさかった。

「そうだ、アリア」

――と。

ふとジークが顔を上げて、アリアを振り向く。

「もしも試してみたい装丁があるなら、せっかくだから頼んでみたらいいと思う。費用はどうせ俺持ちだ」

「えっ？　は、はい。あ、ありがとうございます」

手を打って続けられた言葉に、アリアは目を瞬いた。

（試してみたい装丁なんて、あるかといえば……）

それはもう、たくさんある。

いいのだろうか。本当に、お言葉に甘えてしまっても。今まで予算を超えてしまうので我慢してきた、箔押しやら用紙の変更やら、あれやこれに挑戦しても。

「遠慮はいらない。アリアがやってみたい装丁を、俺も見てみたいから」

とどめにこうまで言われては、アリアも「それじゃあ」という気持ちになってくる。

「あの、じゃあこれとこれを、ちょっと変更して……」

恐る恐るながら、何冊かの本の仕様を変えていくアリアは、自分を見つめるジークの紅い目が、意外なほどに優しいものであることに気づかなかった。


無事に発注を終えて店を出ると、時刻はまだ昼前だった。朝早いうちに出てきたのが幸いしたらしい。

「せっかくだから、少し街を見て回っても？」

ジークからこう尋ねられては、アリアも「もちろん」と顎を引くしかない。

（うわあ、本当に変な感じ……！）

さっきも思ったことだが、いつも通る道や、見慣れた風景の中にジークがいるのは、ひどく不思議なものだ。

緊張は続く、けれど。

新鮮なだけで、決して嫌ではない。

果物屋で赤いりんご、パン屋で甘い焼き菓子を買い、通りの店を冷やかしながら歩く。

変装していてもどこか高貴な気配を漂わせる彼を意識しつつ、アリアは視線をさまよわせた。どんな話をすれば、いいのやら。

（なんせこのあたり、本当に馴染みがありすぎて……私が大神殿に入る前から、ずっとウロウロしてるところだもん。昔は全然、こんなに綺麗じゃなくて、王都でも特に治安と環境の悪い貧民窟で。アランベール大路は〝子捨て通り〟なんてあだ名されてたし。私みたいな孤児が、たくさん集団で生活してたんだよね）

ジークが王宮に戻ったのは、アリアがロッドガルド大神殿に入ったあとのことだ。

けれど、王子として復権してすぐ、東地区の治安改善に手を打ったジークの支援策は画期的だった。もともとこの地に住んでいた貧民窟の住人たちを追い出すことなく、整備のための公共事業で雇用を創出したのだ。事実、そこから数年もしないうちに、このあたりは驚くほど美しく生まれ変わった。

さらに、住人たちへの根回しも濃やかで完璧だったと聞く。無償の学校や医療施設も開設し、彼らの就労能力を上げるため尽力もした。おかげで、元の街並みを再開発することになっても彼らの反発はほとんどなく、このあたりの民は、王太子への忠誠心が特に篤い。

（そうだった。このお方は、すごい方だったんだわ。今の風景があるのも、よく考えなくても、ジークさまの手腕によるのだもの）

なんだかしみじみと実感して、いつもの街並みを眺めていると。

「……今更だが、妙に懐かしいな」

ふと、隣を歩いていたジークが呟くので、「え？」とアリアは顔を上げた。

「いや。昔、このあたりに住んでいたことがあるんだ」

ジークは苦笑して続けた。柘榴の瞳が、やや苦味を含んだ笑みを帯びる。

「ルクレツィア妃殿下に母を殺され、俺自身も暗殺されかけて、命からがら逃げ落ちた先に……昔はどこにも助けを求められなくて、孤児として生き延びていた。……ああ、そうか。君には説明する必要がなかったかな」

ジークは続ける。

孤児たちの集団を作って、他の面子と助け合いながら生活していた、と。

「……さようでしたか」

（確かに昔は、このあたりには数え切れないほどの孤児たちの集まりがあった。それじゃジークさまとも、どこかですれ違っていたかもしれないんだ）

思わず、アリアは気になったことを尋ねてしまっていた。

「あの。こんなことを伺っては不敬かもしれませんが。ジークさまは、お辛くはなかったですか？　その……粗末な住処や、その日食べる物にも困るような暮らしは」

「さてな。辛いといえば辛かったのかもしれないが。今となっては、不思議と……当時のことは、そう悪い思い出じゃないんだ」

ジークはそこで、何かを懐かしむように目を細めた。

「幸い仲間には恵まれていたから。いっぱしに片恋していた子もいたし」

「片恋、ですか？　ジークさまが？　それは、ご一緒に生活されていた方に、でしょうか」

「ああ。年下で、仲間想いの気遣い屋で。やたら義理堅くて、思ったことを顔に出すのが苦手な女の子だった。ひたむきに俺を信じてくれて、……心が折れたり将来が不安でたまらなくなった時、不思議と察して寄り添ってくれる。おかげでだいぶ励まされたよ」

「両思い、だったんですか？」

「いや。好きだと気づいたのは、彼女が去ったあとだった」

なるほど、そんなことがあったのか。それにしても。

（えっ。私、今……ジークさまの初恋話を聞けている⁉）

なんという僥倖。今まで溜め込んだ人生の徳を、使い果たしている気がする。ジークフリードものの薄い聖典を手がけるアリアとしては、一つも聞き漏らすまいと傾聴させていただく次第である。

――と。

「ジーク！　おおい、ジークだろ」

そこで、すれ違いざまかけられた声に、アリアはハッとした。

振り向くと、だいたいジークと同じ年頃の青年が、親しげにこちらに手を振っている。痩せぎすでそばかすの目立つ、人の良さそうな男だった。ジークが彼の名を呼んで気さくに手を振り返したところで、彼らは古馴染みだと判明する。

「ジーク、あんたが女づれだなんて珍しいじゃないか」

「ああ、妻だ」

「まだです」

「……妻、になる予定であればいいなと思っている人だ」

「え！　じゃあ未来の聖女さまか！　いやあさすが、ものすげえ別嬪さんだなあ」

安酒で良ければ一杯奢らせろよとジークを小突く彼の言葉に、アリアは目を瞠る。

（妻という言葉で聖女を指すとわかっていることは、……この方、ジークさまの身分を知っているの？）

しかし、彼はどこからどう見ても平民だ。一体どういう関係なんだと目をしばたたくアリアに、青年は照れくさそうに鼻の下を指で擦った。

「聖女候補さまは、昔こいつが、この辺で孤児やってたのは知ってるかい？」

「え、……は、はい。存じ上げております」

「そん時に、こいつ、俺たちの頭目だったんだよな。汚れ仕事に手を染めずに生き延びられたのは、ジークの采配が神がかってたからなんだぜ。で、王宮から大聖者猊下が迎えに来られたあとも、俺たちのことを気にかけてくれて。王子様として返り咲くなり、すぐにここら一帯を綺麗にしてくれたんだ」

おかげで、貧民窟の劣悪な環境で死にかけていた青年は、派遣された衛生部隊により、兄弟たちと共に生き延びることができた。「学校にも行けて、今は街道の保全を仕事にしているよ」と彼は快活に笑う。

「俺が仲間になって日が浅いうちに王宮に引き取られてったのだけ、ちょっと残念なんだけどな。そういうわけで、こいつは命の恩人なんだ。ってか、昔からこの辺に屯してるやつで、ジークに恩義を感じてないのなんかいないぜ。元仲間のうち腕っぷし自慢なら、直属の護衛騎士団にもたくさん志願してる」

まるで我がことのように胸を張る青年に、ジークはきまり悪そうに「昔の話だ」と視線をうろつかせた。

「昔は赤茶けた瞳だったけど、聖術で色を変えているなんてなあ。孤児仲間が、まさかの双貴紅の持ち主だなんて絶対思わないじゃないか」

「まあ。……身を隠せるように、母が、聖術で変えていてくれたからな」

（あ、そうだ。実のお母ぎみも聖女なんだから、私の先輩なんだわ）

どうしても思い出すのは、昔一緒に暮らした「お兄ちゃん」のこと。アリアが清らかな身でいられたのは、ひとえに彼のおかげだ。ある時偶然に大神殿に保護してもらえたアリアは、お礼も言えないまま彼とは生き別れになってしまった。そのことは、今でも胸に引っかかっている。

だから、ジークが仲間たちを率い、導きながら守るという、彼と同じような役回りを担っていたのは、不思議と納得できた。

（あの人は今頃どうしてるんだろう。ジークさまご自身は『お兄ちゃん』じゃなくても。やっぱり遠回しな恩返しにはなってたらいいなあ……なんてね）

思わず手を胸に当てると、トクトクと心臓が立てる音が、なんだか熱を帯びた気がした。

第七章

「ねえアリア、本当に行くつもり？」

「しょうがないでしょセレス」

　今朝から何度も繰り返してきた押し問答をしながら、アリアは親友の心配そうな顔を見返す。

「東方のことわざにも言うそうじゃない。『猫穴に入らずんば子猫を得ず』って」

「虎穴に入らずんば虎子を得ず、ね。まあ、そうだけれど。……でもさすがに、危険すぎると思うわ。ジーク殿下にも止められていたじゃない。ルクレツィア妃殿下の誘いに乗るなんて！」

　やきもきした調子でこちらを見つめるセレスの顔色は悪い。当たり前かもしれない。

（そうなんだよね。ジークさまには『行かないつもりだから安心してください』って言っちゃったけど……）

　アリアは自らの格好を見下ろした。

　今のアリアは、セレスや侍女たちの手を借りて着付けてもらったドレス姿だ。甘い薄紅色のとろりとした光沢の絹に、細緻な白い小花のビーズ刺繍が惜しげもなく施されている。胸元から腰のくびれを強調し、身体の両脇を飾り紐できつく編み上げてピッタリと沿わせるようなライン、対照的にスカートのふんわりした膨らみも美しく、まさに王太子妃候補にふさわしい装いといえた。

そしてそんなアリアの手には、一通の手紙がある。封蝋を砕くと、中から現れたのは美しい筆致だ。

『お茶会へのお誘い』

今日の午後が指定されたそれは、ルクレツィアの使いから受け取ったもの。

「くれぐれも断ろうなどと思われないことです」

手渡してきたのは、織り目正しい使用人のふりをしていたが、おそらく魔術使いと思しき男だった。どうしようか意見を求めたところ、「何があるかわからない、危険だから絶対に参加しないように」と、ジークには即却下されてしまった。もちろん目の前のセレスも同意見だった、のだが。

確かに罠だろう。間違いない。ただしアリアとしては、無下にできない理由が一つ。

(場所が、北の塔のすぐ下の温室なのよ)

ひょっとしたら、ルクレツィアにはすでに、北の塔に大聖者を幽閉したことが漏れたと察知されているのかもしれない。

その上で誘いをかけてきたのだとしても。

（猊下の手がかりを摑めるなら。可能性に賭けてみたい……）

おりしもジークは、――ひょっとしたらこれも罠の一環かもしれないが――ザグラス陛下から呼び出しを受けており。

アリアは今、幸いにして一人だ。

（もしもどうしても危険な場所に行かないといけない時は、護衛騎士をお借りしていいとジークさまは言っていた。やっぱり好機を逃したくない）

アリアの決意は固いと悟ったらしい。セレスは、ため息をついて眉間を揉んだ。

「わたくしも行くと言いたいところだけれど、……それはやめておくわ。代わりに、あなたが本来戻ってくるべき時間の半刻前には、ジーク殿下に知らせます。あの方のことだから、たとえ陛下の御前にあったとしても、きっと血相を変えて戻ってきてよ。制限時間はそれまでだと思ってらして」

「うん。わかった」

ありがとう、とアリアは肩をすくめた。

そして、セレスの言葉に「実際その通りなんだろうな」と頷きつつ、ちょっと困った気持ちにもなる。

（ジークさま、お人が良すぎるんだよなあ……）

大神殿から聖術に通じた自分を聖女候補として連れてきたのは、その力を利用するためなのだ。

要するにアリアは、育ての親を救い、ルクレツィアと戦う目的のためにあつらえた駒の一種なのだから、囮にでもなんでも使ってくれたらいいのである。

だというのに、彼はこの期に及んで、「無事に大神殿に帰す」という約束を律儀に守ろうとしてくれている、らしい。

(矛盾してるわ)

でも、そういうところ、なんというか。

(余計にお役に立ちたいと思ってしまう)

バレずにすむとは思えないし、おそらく今晩の作戦会議は、お説教の時間になる。もっとも、――無事に生きて帰れたらの話ではあるけれど。

(といっても、こちらも一応、なんの策もないわけじゃない。せっかく猊下の囚われている場所に近づけるかもしれない好機なんだもの。頑張らなくちゃ)

腰にはベルト飾りに見せかけた物入れをつけ、使い慣れた聖典を隠してある。首元にも、術の力を上げるための護符となる、銀のメダイヨンを吊るしてあった。この二つが、王宮でのアリアの武器の全てだ。

万策尽きて何かあっても、これでどうにか対抗できるはず――と、信じよう。

よし、とアリアは気合を入れた。

一面ガラス張りの温室には、明るい午後の日差しが燦々と降り注いでいる。

(うーん、失敗した)

呼び出しを受けた場所に、二刻以上前に着いたアリアは、さっそくの読み間違いに、内心冷や汗を垂らしていた。

(誰もいない会場から、『緊張して早く着きすぎたようです。では、支度が調うまでこのあたりを散策しておりますので』ってとっとと退散するはずが……!)

そう。開始までに北の塔周辺を嗅ぎ回り、肝心のお茶会には、急な体調不良なりの適当な理由をつけて欠席する。そうすれば、ルクレツィアと顔を合わせずに用事をすませられるという、我ながら完璧な計画だったのだが。

あちらも早々に待ち構えており、あえなく頓挫してしまった。

「アリアセラさんは、お砂糖はいくつ?」

「ありがとうございます、妃殿下。お任せいたします」

「まあ、他人行儀はよしてちょうだい。あたくしたち、いずれ親子になるのだもの。お義母さまと呼んで」

温室の中には穏やかな時間が流れているが、アリア自身はひりついた緊張を強いられている。

目の前には、珍しい東洋青磁のティーセットが置かれ、澄んだ紅茶が湯気をたてていた。黄金のケーキスタンドには、クリームをたっぷりと盛ったベリーのタルト、砂糖漬けのヴイオラや薔薇のジャムを挟んだ焼き菓子などが、華やかにずらりと並んでいる。極貧からの清貧生活を送ってきた身には、見たこともない豪勢なお茶会の席だが、この時ばかりはあいにく呑気に美しさを愛でる余裕はない。あとになって「いい資料だったのに惜しいことをした」と思うかもしれないが、そのためにはまず生き延びなければいけないもので。

果たして、珍しい南方由来の植栽を背景に、広いガラスの丸テーブルで対面に座るその人を、アリアはじっと見つめてみた。

（ルクレツィア・イーライ妃殿下……アゼク前陛下のお妃でもあったはずなのに。やっぱりどう見ても、若すぎる気がする）

渦巻く長い黒髪も、同じ生き物なのかと疑うほどに真っ白な白磁の肌も。「お口に合うかわからないけれど、遠慮なく食べてちょうだいね」とお茶を勧めつつ、優雅な仕草でカップを傾けるルクレツィアは、にっこりと緋色の唇で弧を描いてみせた。

ただ、その大きなアメジスト色の瞳だけは、何を考えているのかわからない。貼り付けたような笑みの中にあって、ぽっかりと虚無に見え、それがなおのこと薄気味が悪かった。

(お茶にもお菓子にも何が入ってるかわからない)

相手は、宮廷を牛耳る百戦錬磨の魔女だ。経験不足のアリアでは、対面で話して得られるものは少ないだろう。最優先すべきは、何よりも無事にこの場を離脱すること。

ちなみに、この周辺は内廷でも王妃に与えられた区画だが、ジークに借りてきた兵は、その入り口で早々に追い払われてしまった。そこまでは想定の範囲内だが、温室が思ったよりも奥まった場所にあったのはありがたくない誤算だ。

(かくなる上は、『ちょっとお花を摘みに』で抜け出すしかない。生理現象にケチはつけられないはず)

悶々と機を窺っていると、ルクレツィアは不意に笑みを深めてみせた。

「ねえ、アリアセラさんはあの子から、何かあたくしのことを聞いていて?」

その問いかけに、アリアはぎくりとする。

呼んだからには何か探りを入れてくるだろうとは覚悟していたが、それにしたって直截に過ぎたのだ。しかし、ここで素直に頷く馬鹿はいない。普段からそうそう顔色を変えないたちでよかったと、己の強張り切った表情筋に感謝しつつ、アリアは首を振った。

「いいえ、特には」

「うふふ、嘘（うそ）はいけないわよアリアセラさん。王太子が、陛下にもあたくしにも断りなく、勝手に聖女候補を連れてくること自体、掟破（おきてやぶ）りですもの。ひょっとして、あの子から何か依頼（いらい）を受けているんじゃないかしら」

「なんのお話でしょう」

「たとえば、行方（ゆくえ）不明の、王佐の大聖者の居所（いどころ）を探ってほしい――なんてね？」

さすがに、どきりとした。

心臓が早鐘（はやがね）を打つが、それでも鉄壁（てっぺき）の無表情を保つ。

「お話の意図をはかりかねます。猊下の御身（おんみ）に何かあったのでしょうか？」

「まあ、嫌（いや）だ。あくまでとぼけるつもりならもういいけれど。それじゃ、代わりにお菓子かお茶を召（め）し上がっていって？　せっかく用意したのだもの」

「！」

白く繊細（せんさい）な指先は、鮮（あざ）やかな真紅（しんく）に塗（ぬ）られている。その爪（つめ）が、テーブルの上の茶菓（さか）をついっと示した。

「あたくしに何も含（ふく）むところがないなら、口にすることができるはずだわ」

「……それは」

どうする。背中から冷たい汗が噴き出し、アリアは膝の上でこっそりと拳を握り固めた。手のひらが緊張でぬるつく。

(いや絶対、何か入ってるでしょう、それ!)

周囲にはルクレツィアの侍従たちが控えているが、正体は確実に魔術使いだろう。アリアを殺すつもりなら、今すぐどうにかできるはず。けれど、何もないとは思えない。

――そこでふと思い当たることが一つ。先日襲ってきた翼竜の件。

(あれがもし、何か目的があって私の実力を確かめたかったんだとしたら……?)

だとすれば、口にするのはますます危険だ。

「い、いただきます……」

表情こそ動かさずそう言ったものの、声は掠れ、カップを持つ手は細かく震えてしまう。得体の知れない笑みを含んだルクレツィアの眼差しが、じっと痛いほど手元に注がれているのがわかる。

絶対に、飲んではいけない。わかっているが、どうしたって逃れられそうにないのだ。

(もうダメ……!)

カップの縁が、今にも唇に触れようとした時だった。

――バリン。

突如、頭上で大きな音が鳴る。

「!?」

ややあって、ばらばらと鋭いガラス片がテーブルに降り注いできて、アリアは思わず椅子を蹴立てて席を離れた。

周りの魔術使いたちが咄嗟にルクレツィアの前に出たことで、アリアはそれが、彼女の仕業ではないと悟る。

同時に。

『——今じゃ。疾く温室から出よ』

頭に直接語りかけるように、誰かの声が聞こえた気がして。アリアはハッと、息を呑む。

「忌々しいこと……！」

天井を見つめてルクレツィアが吐き捨てる声が、いかにも呪わしげな低さで。すかさずアリアは、その場に背を向けて駆け出した。

「お待ちなさい！」

呼び止める声が追いかけてきたが、アリアが聞くことはなかった。

「はあ、はあっ……」

長いドレスの裾が足に絡む。トゥニカも激しく動き回るべきものではないが、輪をかけて走りにくいそれに辟易しながら、アリアは一直線に来た道を駆け戻っていた。

途中、見張りに立つルクレツィアの私兵と思しき男たちにかち合ってしまい、慌てて取って返す。

「いたか？」

「いや、こちらには……」

「急いで見つけろ。必ず捕らえるようにとの仰せだ」

兵たちのやりとりを聞きながら、回廊の柱の陰にしゃがみ込み、アリアは唇を噛む。ここで捕まってたまるか。大聖者の居場所を摑んでジークを助けるどころか、とんだ足手まといになりかねない。

（聖術で何かする？　でもあの人たちもたぶん、魔術を使うはずだから）

ベルト飾りの中にしまった聖典の写本に指を滑らせ、思い直す。相手の実力がわからない上、こちらは一人だ。危ない賭けには出られない。

（どうしよう……）

焦りで乾く唇を舐め、アリアが奥歯を噛みしめた時だ。

『こっちじゃ。声はあげてはならぬが、気負わず走ればよい。どれ、あやつらにはおまえさんの姿が見えぬよう、わしがめくらましをしてやろう』

「！」

また、先ほどの声が頭に響く。

思わずアリアは周囲を見回す。途端に、首元に吊るした愛用のメダイヨンから、キラキラと金粉のような輝きが散って見えた。光の粒は、「こっちだ」と方向を示すように集まっていく。

（これは、聖気？　なんて神々しい……）

なんにせよ、この状況では従うしかない。

思い切って柱の陰から飛び出したアリアだが、追っ手の私兵たちが気づいた様子はない。本当に、〝めくらまし〟とやらが効いているようだった。

――やがて、息と足音を殺すようにその場を去り。がむしゃらに走って走って、王妃に与えられた区域から出る。中庭を経由して王宮の外廷近くに差し掛かり、そこでやっと、私兵たちの姿が見えなくなった。

（ここまで来たら……！）

すっかりと上がった息を整えながら、アリアは膝に手をついて腰を折る。

もう少しで、残してきた護衛騎士たちと合流できるはずだ。ホッと息をつきつつ、アリアは顔を上げた。

「あの、ありがとうございます。助かりました。あなたは……」

ここでやっと、不思議な〝声〟に向き合うことができた。息切れしながら、アリアが尋ねた時だ。

『礼を言うべきはこちらじゃ。あの女に生身を押さえられてから、動きが取れなくなってしまっておってのう。お嬢さんが茶会に聖物を持ち込んでくれたおかげで、それを依代に、どうにか精神体の一部だけでも脱出できたわ』

先ほどから、金粉のような形でふわふわと大気中に漂っていた聖気が、凝り固まって形をなし、やがて、ぼやっと半透明な人の形を作る。

口調の割に声が若いような――と思ったのは、気のせいではなかったらしい。

やがてそこに現れたのは、銀色の髪に金色の瞳を持つ少年の姿だった。

年の頃はアリアよりもさらに下の、せいぜい十五、六といったところだろう。甘く整った顔立ちは幼さが残り、体つきは華奢で、どこか少女めいた中性的な魅力がある。

黄金の刺繍が縁に施された、フード付きの白く長いローブを身にまとい、手には大きな赤い宝玉のついた樫の木の杖を持っている。

（ど、どちら様……⁉）

呆気に取られるアリアに、老人じみた古めかしい口調で話す少年は、明るく破顔してみせた。表情は、無邪気だが。

『初めまして、聖女候補のお嬢さん。わしはおまえさんたちが〝王佐の大聖者〟と呼んでおる者じゃよ。どうも養い子が世話になっとるようじゃの』

「ええ⁉　げ、猊下でいらっしゃる……⁉」

『いかにも』

まさかの、囚われのはずの大聖者猊下のご登場に、アリアは思わず飛び退いた。

（ここでお会いすると思ってなかった……！）

小手調べに所在を摑めたらと思っていたが、まさかご本人様と遭遇できるとは。予想外の大収穫だ。

（それにしても生身から精神体の一部だけ切り離せるなんて……さすがだわ。どんな術式構成になっているのか皆目見当もつかない。というか、そんなことより）

アリアは思わず、ごくりと唾を呑み込む。

（こんなにお若い外見だなんて聞いてない……‼）

そう。

建国の現場に立ち会い、三百年も王国を守り続けた生ける伝説と聞いて、白いふっさりした髭やしわくちゃの柔和な顔立ちなど、いかにもなおじいちゃんだと思っていたのだ。

それがまさか、こんな美少年をお出しされるとは。

（えっ⁉　これで三百歳以上⁉　ジークさま、この方に育てられたの⁉　しかも十代前半の頃に出会われたはずだから……最初はジークさまの方がお若くて、途中から身長も外見年齢も超えてしまったってこと？　嘘でしょ美味しすぎるんだけど。妄想が滾って筆が捗りすぎるんですけど……！　ああっ、誰か！　すぐ筆と紙を私に！）

『これこれ、お嬢さんや。何を考えておる。口が半開きで頬が赤いが』

「ハッ」

苦笑交まじりに突っ込まれて、アリアは我に返る。

……危なかった。白昼夢の国から戻ってこられないところだった。

「し、失礼いたしました。仮初の聖女候補、ロッドガルド大神殿の巫女見習い、アリアセラでございます。猊下にお目にかかる機会を得られて幸甚にございます」

『よいよい』

慌てて胸に両手を当てて巫女の礼をとるアリアが、貴婦人然としたドレス姿であるのにうっかりと淑女のカーテシーを飛ばしていたことに気づいたのは、数秒後であった。

「あの……猊下のお身体は、今どのような状況にあるのでしょう。北の塔に幽閉されているというのは真実でしょうか。ご無事とは言い難いと思いますが……それに先ほどのお話だと、その精神体の依代がどうとか。それは、恐れ多くも私のこのメダイヨンに、猊下が宿っていらっしゃるという理解で正しいでしょうか」

『うむ。後半はその通りじゃの』

やがて、ひとまずはジークと合流すべく、王宮の中心部に向かって歩きながら。アリアは気になっていたことを矢継ぎ早に尋ねてしまう。精神体の大聖者は、身体の重みに左右されないとのことで、ふわふわと後ろから浮きながらついてくる形になるらしい。

風の抵抗もないだろうに、不思議と長いローブの裾が翻る。独特な樫の杖も相まって、なんとも人間離れしたお方だ……とアリアは感じ入った。今は実際、精神体なので血の通った人間ではないのだけれども。

（ハッ、ちょっと待って。依代が私のメダイヨンって言ってらしたよね？）

不意に思い至った事実に、さっとアリアは青くなった
（こんなオンボロで安物の使い古しで、なんなら何度か落としたり汚れが取れなかったりくすんだりしてるメダイヨンが、猊下の仮のお住まいになってるなんて……こんなことなら、もうちょっと奮発していい品に買い替えておくんだった。せめて磨いて錆び取りくらいしておけば……）

『何を考えているかは、なんとなくわかるがのう。お嬢さんのメダイヨンはいいものじゃよ。よく使い込まれて、聖気が染み込んでおる』

「！」

心が読めるのだろうかという時宜で告げられ、アリアは小さく息を吐く。

（……お優しい方だ）

少しだけ、肩の力が抜ける。同時に、王妃のもとに出向いてから、ずっと緊張を強いられていたのだと改めて実感した。思わず、ハーッと改めて深呼吸してしまう。

美少年の姿でされる割には違和感のない仕草で顎をさすりつつ、大聖者猊下は『さて、どこから話したもんじゃろうの』と視線を遠くに投げた。

『わしの現し身は、お嬢さんの言う通り、北の塔にある。あの女と術の掛け合いに競り負けてのう。今は、やつに損壊されず力の回復に努めるために、自ら氷漬けになっておるよ』

「うっ」

美少年の氷漬け、北の尖塔・在。

想像するだけでその絵面の破壊力に思わず奇声を発するアリアに、大聖者は『ど、どうしたお嬢さん？』と少し動揺してみせた。

「申し訳ございません。あの、……ご、業のようなものですのでお気になさらず……」

アリアが手の甲で口元を拭いつつ断ると、『業？』と首を傾げた大聖者だが。やがて、『おお』とポンと手を打った。

『業というとあれかのう。薄い聖典のネタにできるとでも思っておるとか』

「ゴホッ!!」

今度こそアリアは盛大にむせた。

「えっ？　あっ？　あのっ……猊下？」

——今、『薄い聖典』とおっしゃらなかっただろうか。この方。

よもや、建国の立役者にして生ける伝説こと大聖者猊下の口から、そんな単語が飛び出してこようとは。夢にも思わなかったアリアは「まさかね、聞き間違いだよね」と片付けようとしたのだが。

『ん？　気のせいか、おまえさんからは、なんとなーく書き手の気配がするんじゃがのう。おや、外したか。あいにく読み専だもので、書く方にはちょっとわしも疎くてのう、嗅覚が鈍っておるやもしれぬ。そもそも薄い聖典の文化は知っておるかの？』

「外してません、書き手で大正解です……」

　嘘を言うわけにもいかないので、アリアは滝の冷や汗を流しながらも肯定した。せざるを得なかったともいう。

　途端に、大聖者はぱあっと顔を輝かせた。

『おお、やはりか！　ほれ、あれじゃ。わし、今はいわゆる〝ジークフリードもの〟にハマっておるのよ。わしもよく出てくるでな。どれ、お嬢さんはそのあたりは嗜んでは』

「……もう許してください……」

　まさかの読者だった。

　思わずアリアは両手で顔を覆った。

――確かに、王佐の大聖者といえば、ロッドガルドの全神殿を統べる存在だ。そのあたりの文化にも通じていてもおかしくはない、が。

（かといって、まさかご同胞だと思わないじゃないですか……！）

　かつジークフリードものが好きということは、必然的にアリアの本も読んでいらっしゃるわけで。一か八か、他作家の作品しか知らない可能性にも賭けたいが、真偽を尋ねるために自著の話をしなければならない精神的負荷が大きすぎる。

『おやお嬢さん。どうしたんじゃ、急に顔色が紙のように白くなって』

「いえ……ちょっと立ち直れずにいるだけで……」

この直後、セレスの報せを受けたジークが、血相を変えて護衛騎士たちと共に駆けつけるのだが、強制的に話を打ち切ってもらえてアリアにとっては割と救いだった。

アリアが自己判断でルクレツィアとのお茶会に出向いたのだと知ったジークは、ザグラス陛下への謁見を終えたばかりだというのに、ありとあらゆる予定をすっ飛ばして駆け戻ってくれたらしい。もちろん、伝達係を引き受けてくれたセレスも一緒である。

まずは無事なアリアの姿を見て安堵に息を吐いた彼は、今度はその傍らに漂う養い親の姿に、心底驚いたように目を見開いた。

「猊下!? ご無事で……!」

『おまえさんも息災そうで何よりじゃのう、ジークや』

「はい。あなたも、……よかった」

それきり言葉が詰まって出ないらしいジークの頭を、まだ幼さの残る少年の手がよしよしと撫でる。残念ながら精神体ではものに触れることができないので、ふりだけになるそうだが。

(うっ……尊い……!)

血のつながらない義親子の、感動の再会を目の当たりにして、アリアは内心で滂沱の涙を流しつつ拍手喝采する思いだった。

こんな光景に立ち会えるなんて、もう死んでもいいです。いや、かくも素晴らしき場に居合わせることができるのだから軽率に死ぬ死ぬ言ってちゃダメだ、生きよう。生きていてよかった。なお、周囲を見ると王太子付きの護衛騎士の皆さんも同じようにそっと目頭を拭っていたので、感傷に浸っていたのは自分だけではなかったらしい。安心した。

さりながら、多少は気を抜ける外廷に戻ってきたとはいえ、いつまでも外で立ち話をするわけにもいかない。そういうわけでいったんは、王太子に与えられた区画に引っ込んでから、仕切り直すことになった。

ちなみに予想通りといえばそうだが、勝手な判断で王妃のもとにのこのこ出向いたアリアは、ジークにしこたま叱られた。育て親との予期せぬ再会で、そのあたりうまく記憶から抹消されてくれないかな……という希望的観測は見事に外れてしまったものである。

「何かあったらどうするつもりだったんだ」

「あったらというか、すでにあったあとと申しますか」

「余計に悪い」

「デスヨネ……」

声を荒らげられることは一切なかったが、ひしひしと圧を感じるお説教に、アリアは首をすくめてしまう。憧れの人に本気で心配してもらえるなんて、大変申し訳ないけど役得だ……などと思ってしまったことは、本当に申し訳ないことこの上ないので、墓の下まで持っていく所存だ。誠にすみません。

『まあまあ。おかげで、一部とはいえ、わしもおまえさんたちのもとに戻れたわけじゃし』

「ですが猊下！」

『許嫁をそのように長々叱るものではないよ。しつこい男は好かれんぞ、ジーク』

「ぐっ……わかりました」

大聖者が途中でジークを嗜めてくれたので、役得のお時間は途中切り上げになった。

二人の会話をはたで聞いていたアリアは、そっと隣に寄ってきたセレスと共にその光景をガン見しながら「えっやだ義親子の関係性、尊い」「今すぐ写生したいですわあ……」などと、こっそりと拳を突き合わせていた。

そして今、ジークの自室の長椅子には、アリアとジーク、セレス、そして大聖者の四人が掛けている。もっとも大聖者に関しては、座る格好だけで実質宙に浮いているそうだけれど。

メダイヨンに宿っている現状含め、ここまでの経緯について軽く説明があったのち。

『真実を知れば、あの女と切れぬえにしができるゆえに。あまり言いたくはなかったが……こうなったからには、そろそろ話しておかねばならんじゃろう。お嬢さん方も、覚悟があるならばぜひ聞いてもらいたい』

トンと肩を大杖で叩き、大聖者は顔をしかめた。

『──実は、ルクレツィアはな。人間ではないのじゃ』

「えっ」

『いや、正確には、その言い方は間違いかもしれんの。器は間違いなく人間の、ルクレツィア・イーライとして王妃の座にある女のものじゃ。が、中身が違う。あの女は、もう三百年もの間、身体を取り替えながら生き続けているんじゃよ』

妖婦ルクレツィア。

その正体は、──ロッドガルド初代国王とその血筋に恨みを抱く、不死の魔女だという。

そもそもの出自は、ロッドガルド大神殿の初代巫女長だったそうだ。

「大神殿の巫女長って……それじゃ要するに、私たちの大先輩じゃないですか！」

意外な近さにアリアは驚いた。

彼女は、神力に長け器に向いた人間を見つけては取り憑き、都度都度に乗り換えながら精神体だけで生き延びてきたのだと。

(確かに、いくつかの聖術を結び付ければ、そういう術式も組めるのかもしれない。でも、私の知る限りは、そんなの外法や禁術とされているものばかり……）

　なんとも怪談じみた話に、アリアは戦慄した。

『初代巫女長の名も、同じくルクレツィアという。要するに代々、同じ名を使って存在を継いでおるのじゃ。もともとはわしや初代国王と志を同じくする者で、ロッドガルド写本の編纂にも当然関わっておる。が……今やルクレツィアは、どうもロッドガルドという国自体を憎んでいるようでの』

　大聖者は苦々しく続ける。

『ロッドガルドを滅ぼすためだけに、幾度も別の身体に転移を繰り返してはちょっかいをかけてくる。王国の屋台骨は、聖典信仰と王家じゃ。満を持すと、そこを狙っては出現するんじゃよ』

「どうしてそんなに……？　妃殿下……いや、ルクレツィアには、ロッドガルドにどんな恨みがあるんでしょう」

　当然といえば当然だが、ジークが疑問を呈した。『さあ』と、大聖者は力無く首を振る。

『……それがわかれば、わしにも対処のしようがあるのじゃが。おそらくは建国の時に、ロッタルクのやつと何かがあったのじゃろう。生きておれば問いただすところじゃが、今となってはあやつも墓の下じゃ……』

　大聖者は憂鬱そうに瞳の金色を沈ませた。

（ロッタルク、って）

それこそ歴史書でしか見ない大偉人の名が出てきたので、アリアは動揺しきりである。

建国王ロッタルク・イーライ。『創世の稀書』原典に直に触れてロッドガルド写本を編纂し、ロッドガルド王国を建てた初代国王の名だ。

「なるほど……すると少し疑問がございますわね。器にされてしまった、本来〝ルクレッツィア〟だった方はどういう状態なのでしょう」

黙って座っていたが、おずおずと手を挙げたのはセレスだった。今までは、話の規模の大きさに、ついてこられなかったのだろうとアリアは推測した。なぜなら自分がそうだからだ。

『それは、……わからぬ。が、無事ではないであろうな』

言葉を濁しているが、要するに、すでに亡くなっているかもしれない。それを聞き、アリアは渋い顔になる。

『――歴代のルクレッツィアの依代だけではない……あやつの襲撃や王権の専横で、何人が犠牲になったか。もう潮時さね。本人と話ができればいいんじゃが、この三百年、わしの声には耳を傾けずじまいよ』

ため息をつき、大聖者は苦虫を噛み潰したような顔をした。

『せめて生身があれば話が別なのじゃが……。おまけに、わしのおらぬしばしの間に、宮殿にはあの女が撒いた瘴気がすっかりと満ちておる。今のわしは、いわば残り滓のようなものじゃ。先ほどのめくらまし程度でも、ほとんどの力を使ってしもうた』

要するに、彼の力は一切あてにできないということだ。

（王宮にいる限り、ルクレツィア妃殿下の思うがままなんだ……）

大聖者の身体を、一刻も早く取り戻さなくてはいけないのに。何も手立てがない。

今の自分たちは、四方八方を敵の有利な条件で固められたまま、ジリジリとその出方を窺うしかできない状況だと。

改めて思い知り、アリアはゾッとするばかりだった。

こうして、アリア含むジークの陣営には、とりあえず大聖者の精神体が加わってくれることになった。

（こちらの戦力は、ジークさまご自身の剣術と、護衛の騎士たち。私とセレスの聖術。あとは大聖者猊下の神力だけど……）

『何せ本体が封じられてこのザマじゃからのう』

透けて向こう側の景色が見える手をもう片方の手で示しつつ、困ったように苦笑した大聖者は、本来はルクレツィアと互角以上の聖術使いであるものの、現在はほとんどなすすべがないという。できて、せいぜい先日の撹乱程度が関の山だとか。それも今は、一時的に力を使い切ってしまっている。

そして、肉体は北の塔の最上階に籠城、というより封印されている状態。今日の前で漂っているのも、完全な精神体ではなく、いわば分霊体とでも呼ぶべき一部のみらしい。とはいえ、大聖者の生存を確認できたのと、何よりも意思疎通ができるようになったことは大きかった。

ついでに、いつの間にやらセレスと大聖者は、薄い聖典の「ジークフリードもの」の嗜好について、何かしら通じ合うところがあったらしい。空き時間に二人してあれがああでこれがこうでと楽しげに語らっているのをよく見かけるようになった。何を話しているのかちょっと怖い。

しかし、状況としては、一切の生死が不明だった頃に比べて多少好転したようには思えるものの、依然として膠着状態である。大聖者の身体がルクレツィアのもとにある以上、結局のところ何も動きようがないのだ。

ついでにもう一つ。――これは仕方のないことではあるが、アリアにとっては多少困った事態が発生している。

「申し訳ございません猊下。私が少し出歩くだけで、一緒にご足労いただく羽目になってしまって……」

『よいよい。こちらは霊体なのじゃ、足労も何も足がないわい。むしろわしの方こそすまぬなあ、アリアお嬢さん。行く先々で邪魔をしておるようで、ちと心苦しいの』

アリアの首から下げたメダイヨンが依代になっているのだから当たり前なのだが、どこに行くにしろ、メダイヨンを携行する以上は大聖者猊下が〝憑いて〟くるようになってしまった。ジークの私室内くらいならまだしも、あまり離れるとダメらしい。

今日の行き先は、王太子の管理区画に在する王宮図書室だ。

（ルクレツィア妃殿下の情報をちょっとでも知っておきたい。王宮にある建国記録はきっと全部猊下がご存じだろうけど、外から来た私の目で何か発見できることがあれば……）

三百年前の亡霊、妖婦ルクレツィアとはどのような人物だったのか。

情報とは力なり。ひょっとしたら、彼女が執拗に王国を狙う理由の一端も摑めるかもしれない。というわけで、アリアは自分なりの視座で、状況を精査してみたかった。

この時のことをあとから思い返してみると、手詰まりな現状に、何か一筋の光明を見出したかったのだ。……焦って、いたのだろう。

勝手に抜け出した上にルクレツィアに捕まりかけた前科があるので、「俺がついていられたらいいが……」と、ジークにはかなり心配された。しかし、結局それでアリアの自由を制限したくないという結論を得てくれたらしく、こうして晴れて図書室を目指している。ありがたい話だった。

代わりに先日のような事態に陥らないよう、ジークからは護衛騎士を五人ほど借り受けている。屈強な彼らは、ジークの配下の中でも指折りの練度を誇る兵たちで、このところ全員顔見知りになり、それなりに言葉も交わすようになった間柄だ。が、全員セレスから何やら見覚えのある小冊子を渡されて「こちら続きですわ」「ありがとうございます侍女どの！」とこれまた不穏すぎる会話をしていたのは記憶に新しい。

往々にして、移動中の時間というものは、いろいろ余計なことを思い出してしまうものだけれど。深く考えると負けな話題しか浮かんでこない。中庭に面した外付け回廊をてくてくと歩きながら、アリアは軽く眉間を押さえた。

季節柄、柱の合間から覗ける中庭には、緑が溢れている。薔薇のアーチには鮮やかな赤や黄の花がつき、景色に彩りを添えていた。

(ジークさまも、政務が終わり次第こちらに来られるっておっしゃってたっけ……。今頃お忙しくされてるんだろうなあ)

あの生真面目な王子様は、先日危ない目に遭ったばかりのアリアの身を案じて、外出時はできるだけ付き添おうとしてくれている。

(……というか、王太子殿下なのよ、よく考えなくても。彼自身の統治する領もあれば、お立場ゆえの名義や責任で回す仕事だってゴマンとある。ただでさえ政務でものすごくお忙しい上に、王妃殿下と丁々発止のやりとりをして、大聖者猊下を救出する算段をつけてって……働きすぎで倒れてしまうのでは)

ジークの愛剣には、聖句を引用した大聖者の加護が付されている。何より、ジークの剣術は相当なもので、ルクレツィアもそうそう仕掛けてはこれないらしい。

彼に従う護衛騎士も信頼できる使い手ばかりだが、それでも彼自身が、アリアにとって一番のお守りになるようなのだ。やはり駒としての自覚があるアリアは、本末転倒というか分不相応では？　という気持ちが消えないわけだが……。

――〝もし俺の目の届かない場所に行く時は、これを〟

もう一つ。ジークは、アリアの出しなに、護身用にと一振りの小剣をくれた。

(使うようなことにならないといいけど……)

聖典と共に腰の物入れにおさまっている、装飾が少なく使い勝手に特化したそれを、アリアは蓋の上からそっと撫でた。

『それにしてもアリアお嬢さんは、本当にジークと結婚はせんのか？』

ぼんやりと考えごとに耽っていたところに、大聖者から藪から棒に尋ねられ。

「うっ」

アリアは思わず、ごつんと柱に激突した。

『おお、派手にいったもんじゃ』

「え？　あ、はい……あの……はあ⁉」

あまりに唐突すぎたため、脳に言葉の意味が浸透するまでに、たっぷり数十秒は使ってしまった。

『そんなに妙なことは訊いとらんと思うがのう。ほれ、あれじゃよ。ジークのやつは頭が固いじゃろ。アリアお嬢さんのような子があの子の嫁になってくれたら、わしも少しは安心できるんじゃが』

「それはダメだと思いますが……⁉」

むしろ安心要素が皆無である。

『ふむ。ダメとはまた、なにゆえに？』

大聖者が、黄金の瞳を輝かせてあんまり面白そうに尋ねてくるので、ついアリアはいきり立った。

「だって！　ジークさまをネタに勝手に妄想を繰り広げて、それで三十冊も薄い聖典を出して、対価まで得ていたような女ですよ！　気持ち悪いでしょう、普通に考えて！　終生を共にしたいと思えますか⁉　たとえば猊下ならどう思われます⁉」

『いや無理知らん怖』

「でしょう⁉」

『――とでも、あやつが言ったのか？』

「え？」

どうも、話をする時に杖で己の肩をトントン叩くのは、彼の癖であるらしい。大聖者はふっと表情を緩め、ゆっくりと薄い唇を開く。

『真面目なお嬢さんのことじゃ、きっと、自分の書いた薄い聖典についてなぞ、全部あやつに告白したのじゃろ。どうだったかの、わしの自慢の養い子は。気味悪そうにしたり、敬遠するようなそぶりを、少しでもおまえさんに見せたか？』

「いえ、そんなことは……一切、ございませんでした」

――〝二百冊読んだが、気持ちは変わらなかった。ロッドガルド大神殿の巫女見習いアリアセラ。契約上のもので構わない。君に、俺の婚約者になってほしい〟

ジークは最初からずっと真摯だったし、アリアの正体を知っても全く引くことはなかった。なんなら、自著と多著合わせて恐ろしい数の本まで読破してくれたのだ。

「それでも、契約上の婚約関係だと、他でもないジークさまご自身がおっしゃっていましたから。私には、あの方を愛さずともいいと言われましたし」

『うん？　ということは、あの子からおまえさんを愛さんとは言うとらんのじゃろ？』

「っ……れは言われてませんけれども！」

アリアは頭を抱えた。

見た目が少年姿なので、実感が湧かないけれども。これは、もしや『せっかく愚息の嫁になってくれそうな年頃の女子がおるのにのう、うぢの子はほんにいかんのじゃろうか』などと、ちょっと世代が離れた御仁特有の絡み方をされているのではないだろうか。

（心配しなくても、私なんかがジークさまと結婚しなくても、あの方はきっと引く手数多なんだから！）

必死に言い募って、仮想の『あるべき本来の王太子妃殿下』の姿まで思い描いて。

そこで、ちょっとだけ、ちくりと胸を刺すものがある。

（そっか、お別れしたらいずれ、然るべき方が聖女候補になられるのよね……）

それで正しいじゃないか。むしろその日が無事に迎えられるように、アリアは今露払いを買って出ているようなものなのだから。

正しい王子様とお姫様の幸せな結婚は、物語でも定番の結末だ。

その、はずなのに。

（……胸が痛いのは、どうして）

『うーん、なかなか拗らせとるようじゃのう』

内心でのみ百面相するアリアに苦笑しつつ、大聖者は愉快そうに続ける。

『おまえさんがあの子をどう見てくれておるかは、そりゃあたいそう気になるが。ま、さておいてじゃ。あの子の方は、アリアお嬢さんを好ましく思っておるようじゃがの』

「！」

その言葉に、アリアは一瞬どきりとしつつ。

（危ない危ない。勘違いしそうになるところだった）

「それは……あの方は誠実でいらっしゃるから。自身のために働く者があれば、好悪二択でいえば好に入れていただけるのではないかと、その程度には自負しておりますが」

『なんじゃ、随分とつまらん解釈をするのう』

「冷静な分析の結果です」

『冷静でも的確ではないよ。再会して数日しか経っとらんが、あの子は口を開けばおまえさんの話ばかりじゃ』

「え」

アリアはとても気立てがいい、アリアと話していると楽しい、アリアはよく動いてくれる。アリアの書くものも、自分の名前が出るのは気恥ずかしいけれども、本当はなかなか面白かった。

とっつきにくく無表情だなどとんでもない、珍しいものや綺麗なものを見る時に、キラキラと青の瞳が輝くのがとても素敵だ。声も同じで、淡白に聞こえるようで、実は明るかったり暗かったり、十分に感情豊かで、可愛い。

（う、嘘でしょう⁉）

大聖者が楽しそうに挙げていく、ジークのアリア評に、アリアは文字どおり真っ赤になった。

「か、かか……可愛……くはないですが⁉」

『そして、かつて苦しい時に二度も助けてくれた恩人でもあった、と。口を開けば、なんにつけてもアリア、アリアじゃ。耳にタコができるわい』

「……恐縮です」

顔から火が出そうだ。

（あり得ない。だってそんなそぶり全然なかったのに）

いつもの生真面目そうなきりりとした表情を、あまり変えないもので。まさか育て親に、そんな話をしているなんて夢にも思わなかった。

（そんなふうに評価してくださってるなんて。……でも、二度ってなんのこと？　ああそっか、魔獣を追い払うお手伝いをしたことかな？）

嬉しい、嬉しいけれど、ドキドキしすぎて、ムズムズする。

『時にアリアお嬢さんや。そのジークが言うておったが、おまえさん、王都の貧民窟の出であると』

「えっ？　あ、は、はい。さようでございます」

『で、あれば、一つ尋ねたいのじゃが。もしやねぐらにしておったのは、〝子捨て通り〟と呼ばれていたあたりでは――』

――と。


「アリア、猊下。間に合ってよかった」

このところすっかりと聞き親しんだ声が後ろから聞こえ、アリアはパッと顔を向けた。

数名の護衛を引き連れたジークが、中庭を挟んで向こう側の回廊から手を振っている。

「ジークさま」

政務が終わり次第合流するつもりとは聞いていたが、本当に来てくれるとは。

ありがたくも申し訳ない気持ちになり、回廊の切れ目から中庭に踏み込んで、アリアもそちらに向かう。ちょうど中庭で落ち合った、その時だった。

「やはり目覚めていたのね、大聖者」

ブワリ。禍々しい瘴気が一息の間にあたりに広がり、アリアはハッと身を固くした。

途端。

――いっせいに護衛騎士たちが剣を抜き、主君たちを守るように展開する。

振り向いた先には、美しい緋色のドレスを身につけ口元に閉じた羽根扇子を当てる、異様に若々しい王妃の姿がある。

その周りには、やはりというか、数名の魔術師が聖典を持って侍っていた。

「ああ、本当に忌々しいわ。この間はよくも邪魔をしてくれたもの。せっかく聖女候補を手に入れる好機だったのに」

淡く銀粉を刷いた瞼をすっと半ば下げ、ルクレツィアがこちらを睨む。やがて、紫の瞳をアリアのそばに浮く大聖者の姿に据えた。

『……忌々しいとはひどい言いようじゃな、ルクレツィアよ。わしとしても、さほど会いたくはなかったが』

突き刺すような敵意に満ちた視線を受けても、大聖者の方は飄々としたものだ。片手の杖を軽く上げて挨拶を返している。

ただ、金色の目は剣呑に細められており、その緊張を伝えてきた。

「お言葉ね、大聖者。でも残念、あたくしもよ。せっかく首尾よくお前を封じられたと思ったのに……そこの聖女候補のお嬢さんの仕業かしら？」

つうっと朱唇が三日月形に歪み、彼女は今度は、視界にアリアを捉える。見られた方は、内心ビャッと震え上がった。顔に出すのはかろうじて耐えたけれども。

「妃殿下は我々に何かご用ですか？　特に困ることもないのなら、お通しいただきたいのですが」

アリアと大聖者を背に庇うようにして、ジークがルクレツィアに険しい声をかける。

「そうねえ。困りはしないけれど、王宮の中をちょろちょろされるのはあまり嬉しくないわ。こざかしいもの。実際そこの面倒な男も起き出してしまったようだし……」

ルクレツィアは、ジークやアリアが水面下で動き回っていることを、間違いなく把握している。

「それに、用だってちゃんとあってよ。あなたや大聖者なんかにじゃないわ。そこの、聖女候補のお嬢さんにね」

（私⁉）

不意に。

ルクレツィアの人差し指、赤い爪の先が己を指し示すので。アリアは思わずギョッと身をのけ反らせた。

表情こそ少ないものの怯えるその様子を見てとったのか、ルクレツィアはますます嫣然と笑みを深める。ジークが警戒を強め、アリアを己の後ろに押しやるようにした。

「あたくしね、そろそろこの肉体も古びて使い勝手が悪くなってしまったの」

——だからそこのお嬢さんのを、いただこうと思って。

その言葉を合図にするように、魔術師たちがいっせいに聖典を開く。いずれも黒く染めた革に、煤で汚した紙面を使った、冒瀆された写しばかりだ。

彼らが口々に詠唱したのは、意味を成さない面妖な文字列である。しかしよく聞けば、聖典の文言を逆から読み上げているのだと判別できた。

(やっぱり『逆さ聖句』だ。おまけにこれ、たぶん魔獣を召喚しようとしてる……！)

さっとアリアが青ざめた瞬間、土と緑との穏やかな色に覆われていた地べたに、ポカリと真っ黒な穴が空く。

そこから鎌首をもたげたのは、頭が建物の二階にも届こうかという巨大な蛇だ。シュウッと威嚇音とともに開かれた真っ赤な口から、ぼたぼたと毒の液が滴り落ちた。その首には先に襲ってきた翼竜と同じく、赤い使役の刻印がある。

現代の生き物ではない。伝承や叙事詩にしか聞かないような、太古の化け物。

(嘘でしょ……こんな巨大な魔獣を、時空を飛び越えて顕現させる召喚魔術なんて、聞いたことない！)

ここにいるルクレツィアの配下たちは、どれだけ魔術に長けるのだろう。

何より彼らを率いているからには、ルクレツィアの実力はそれを凌(しの)ぐということでもある。おまけに、ここは王宮のど真ん中だ。誰(だれ)が見ているともわからないのに、まさかそんな暴挙に出るなどと。

（それにしても、私の身体をもらうって……！　この間、お茶会だなんて言って私を呼びつけたのも、それが理由だったの……⁉）

あの時に出された茶菓(さか)を一つでも口にしていたら、今頃どうなっていたことだろう。考えるだにゾッとする。

禍々(まがまが)しい術で呼び出された毒蛇(どくじゃ)は、激しく首を振るい、ジークや護衛騎士たちに襲いかかった。皆勇敢(みなゆうかん)に剣で応戦するが、鱗(うろこ)に弾(はじ)かれてしまう。すんでのところで毒の攻撃(こうげき)を避(さ)けるが、防戦一方では時間の問題だ。

聖典を手に自失しかけたアリアだが、ハッと我に返って、己のそれを開く。

「――〝水よ光よ全ての清らかなるものよ、汝(なんじ)全てを押し流すものよ、直ちに我がもとに集(つど)い淀(よど)みを打ち払(はら)いて〟……」

対抗(たいこう)して唱えようとしたのは、アリアの得意とする聖術『浄化(じょうか)』の力を持つ一節だ。

（こんなの、正面からぶつかってもかないっこないわ。とりあえず、使役の召喚紋(しょうかんもん)を消してから魔獣を元の場所に返すしかない！）

しかし、半ばまで読み上げたところで、ルクレツィアがクスリと笑いをこぼした。

「うふふ。そんな拙い聖術で、あたくしに抗えるとでも？」

そのねばつくような口調に、背筋が凍った途端。

――チリッと指先に痛みが走る。

「うっ」

アリアが聖典を取り落とすのと、それが激しく燃え上がるのは、ほぼ同時だった。

ずっと使い込んできた聖典――この場において唯一の武器は、青い魔術の炎に包まれたまま地に落ち、あっけなく灰になっていく。

（待って……）

その光景を呆然と見下ろしながら、アリアは喘いだ。

いくら自分が聖術を使えても、肝心の聖典がないのでは。予備の本はこの場にない。

打つ手を失って完全に硬直したアリアの頭上から、毒蛇の牙が迫る。

「……っ！」

万事休す、と思った。

その時だ。

「アリア、避けろ！」

腕を思い切り引かれ、横に突き飛ばされる。

そのまま芝に倒れ込んだ瞬間、何か裂けるような、鈍い音が響いた。

（えっ……）

思わず首を捻って上を見る。

まず目に入ったのは、ジークの背だ。手にした長剣が、大蛇の喉首に突き立っている様も。

そして、彼の着衣の肩が破れ、赤く肉の刻まれた傷が覗いているのも。

「じ、ジークさま……！」

アリアの呼びかけには応えず、ジークは「首なら刃を通すぞ、狙え！」と護衛騎士たちに檄を飛ばす。

巨大すぎる毒蛇に臆していたらしい兵たちが、我に返って斬りつけると同時に、蛇はシユウシュウと警告音を大きくして尾を薙いだ。たちまちに数人が弾き飛ばされる。

ただし、ジークはその中に含まれなかった。彼は尾の攻撃を避けて再び突き立ったままの剣に取りつくと、その柄を勢いよく回転させる。傷を抉られた大蛇は耳障りな奇声をあげ、口から毒混じりの涎をこぼした。

「まあ、すごいわ。我が息子ながら意外に頑張ること」

ケラケラと華やかに笑い、ルクレツィアが手を叩く。

（くっ……）

アリアは己の無力を呪った。

目の前に広がる、地獄のような光景において、自分は驚くほど役立たずだ。聖術使いで、孤児上がりで。実力にも根性にもそれなりに自信があったはずなのに。

いざとなれば、こうして足を引っ張るしかできないなんて。

悔しさに唇を噛むアリアを背に庇い、ジークがもう一撃を毒蛇に浴びせる。主君の活躍で士気を取り戻した護衛騎士たちも次々に斬りかかり、どす黒い血が庭木を濡らした。

やがて、毒蛇は苦しげな息を吐きながらのたうち、消失する。

「ジークさま！」

その場に思わずといった風情で膝をついたジークに、アリアは駆け寄った。

肩に受けた傷からは、黒ずんだ血が溢れている。布地に触れると煙が立つことから、尋常のことではないと知れた。

（これは……）

眉をひそめるアリアのそばに舞い降りた大聖者が、『瘴気の毒じゃ……！』と顔を険しくした。

『ルクレツィアよ。大概にせぬか！　なにゆえかくもロッタルクの血統に執着する。かつて紛れもなく、おまえはわしらと志を共にしたであろうに』

「まあ、何もできないハリボテの亡霊風情がかしましいこと。……失礼、そういえばまだ死んでいなかったのだったわね。本体があのままでは、生霊が死霊に変わるのも時間の問題だと思うけれど」

俯いて呼吸を荒くするジークの前に半透明の身体で立つ大聖者を、赤い唇を歪めてルクレツィアがせせら笑う。

「時間の問題といえば、……ああ、そうだわ。そこのロッタルクの末裔こそ、そうね」

ふと、何かに気づいたように、にんまりと唇を歪め。

ルクレツィアは、赤い爪でジークを示した。

「それね、三日以内に解毒しなければ、はらわたから腐って死んでしまうという、特別な呪い付きの毒なの。……あなたたちにいいことを教えてあげるわ。その子がそんなふうにヘマをして、深手を負ったことなんて今までにないのよ。散々手こずらされたのに、聖女候補なんていう弱味ができたら造作もないこと……大切な器をあたくしがわざわざ傷つけるはずもないのに、お馬鹿さんねえ」

「……っ！」

そのままルクレツィアが、背後にぞろりと魔術使いを引き連れて、こちらに歩を進めようとするので。

とっさに思い出したのは、ジークが自分に与えた小剣の存在だ。

考える暇もなく、アリアは腰の物入れから目当てのものを引き出すと、鞘を払う。この行為を、ルクレツィアはさも馬鹿にして噴き出した。

「まあ。随分と可愛らしい武器ですこと。一体、そんなもので何ができるつもり？」

当然の反応だろう。それがわかっているから、アリアは続ける。

「こうするんですよ」

そして、相も変わらず余裕を崩さないルクレツィアを睨みつけると、迷いなく刃を己自身の喉元に突きつけた。

——この行動は、さすがに少し意外だったようだ。

「あら」

ルクレツィアは目を瞠り、足を止めた。

「それ以上こちらに来ないでください。器として私が必要なんでしょう。それは、死体になっても使えるものですか？」

「……こざかしいことねえ」

していた。

（やっぱり。妃殿下はどうしてか、他の誰でもなく私の身体にこだわっているんだわ。そして、生きた人間にしか乗り移れないなら、この器を傷つけたくはないはず……）

ごく、と唾を呑み。

アリアはますます喉に切っ先を近づける。ぷつっとわずかに皮膚が切れ、微かな痛みが走り、生ぬるいものを肌が伝うのを感じた。

「……ねえアリアセラさん。あたくしたち、取引をしましょうか」

やがて、ルクレツィアは猫撫で声で提案してきた。

「さっきも言ったけれど、そこの死にかけの王子様は、持ってあと三日の命よ。大聖者には何もできない。助けてあげられるのはあたくしだけ。……ジークを救いたければ、三日以内に自分の足で北の塔までいらっしゃい」

「！」

「そうしたら、ジークの命だけは助けてあげる」

ルクレツィアは高笑いを残して去っていった。手下の魔術使いたちが、列をなしてその後ろに続く。

あとに残されたのは、踏みにじられた薔薇、柱が崩され惨憺たる有様に変わり果てた中庭と、傷を負ったジークや兵士たちだけだ。

大きく切り込みの入った緋色のドレスの背が見えなくなってから、アリアはやっと腕から力を抜く。強張った指から小剣が転がり落ち、カランと小さな音を立てた。

『アリアお嬢さん、大丈夫かね』

「私よりジークさまが……」

その途端。

先程まで片膝をつくのみで姿勢を保っていたジークが、ぐらりとその身を横に傾がせる。

「ジークさま！」

地べたに彼が倒れ伏すのを見て、アリアは悲鳴をあげた。

幸い、護衛騎士たちは毒を受けずにすんだようだ。

そんな中、剣の腕なら誰より立つはずのジークが、どうして傷ついたかといえば。

(私のせいだ……)

身を挺してアリアを庇ったせいで、彼だけが怪我をする羽目になった。

果たして、護衛騎士たちに抱えられるようにして部屋に運び込まれたのち。すぐにジークは高熱を出した。

『この部屋にいる限りは、安全ではあるはずじゃ。まだわしの聖術結界が生きておるゆえな』

　愛用の聖典を失ったアリアだが、予備に持ち込んでいた一冊で、どうにか術を使う能力自体は取り戻すことができた。しかし、馴染まないもののためか、力がいま一つ上がらない。

　今は、セレスと二人がかりでジークの横たわるベッドのそばにつき、浄化の術を絶えずかけ続けている状態である。

　アリアだけでなく、セレスも次期聖女候補に名が挙がるほどの聖術使いではあるが、それでも毒の瘴気を祓い切るには及ばない。

「きりがありませんわ……！」

　額に浮いた玉の汗を拭い、セレスが声を絞り出す。浄化しても浄化しても、傷口に瘴気の澱みが戻ってきてしまうのだ。

「このままではわたくしたちの体力が持ちません。何か早急に手を打たないと。そもそも、どういう毒なんですの、これは」

『あやつがよく使う召喚獣じゃ。太古の魔物、バジリコックであろうの』

（バジリコック……）

アリアも、名前だけは聞いたことがある。もちろん遭遇したことはないが。何百年も前には滅びたとされる、文字通り、伝説上の獣だ。

『……ルクレツィアの言は正しい。バジリコックは、並大抵の人間ならば眼差しの毒気のみで殺せるほどの魔物じゃ。召喚獣の持つ瘴気は、基本的には召喚者にしか解毒できぬ。わしが盤石であれば話は別じゃが、ましてや今は王宮にあの女の禍々しい気が満ちておるゆえに』

荒い呼吸を繰り返すジークを見下ろし、大聖者が苦しげに眉根を寄せる。

「猊下のお身体を取り戻せれば、ジークさまを助けられますか？」

『それを見越した上で、あの女は北の塔に来いと言ったのであろうよ。忍び込まずとも正面で迎え撃つと。ついでに、アリアお嬢さんの身体を首尾よく奪った暁には、わしの生身をその場で打ち砕くつもりじゃろう』

「っ……」

アリアは膝の上にのせた聖典の端を、皺が寄るほどにぐっと握りしめる。開きっぱなしにしてある、浄化の文言が並ぶ頁が、なんだか空々しく、むなしい。

やがて、アリアとセレスが交互に浄化の術をかけ続けた甲斐あってか、ジークの呼吸は少し落ち着き、滝のようだった汗も引いてきた。

（真っ青だった顔色も少しだけ元に戻った。それでもこのままじゃ一時しのぎに過ぎないから、結果は同じ……）

神力を使い果たして、とうとう疲れ切ってしまったセレスを休ませ、アリアはジークの枕元に残る。

いつしか日はすっかり落ち、広い寝室はぼんやりと燭台の灯りが照らし出すばかりで、淡い闇に包まれていた。護衛騎士たちは続き間に控えているはずだが、今は退出してしまっている。メダイヨンに宿った猊下も、なぜか姿を消していた。

（綺麗な人……）

かたく瞼を閉じたままの顔は、長いまつ毛が頬に濃い影を落とし、整いすぎた造作もあって、まるで彫像のようだ。本当に呼吸をしているのか不安になってくる。

「……申し訳ございません、ジークさま」

（せっかくあなたに技を見込んでもらえたのに。期待を裏切るようなことになってしまった）

自分がもっと強く、聖術に長けていたら。彼がこんな酷い傷を負うことも、命の危険に曝されることもなかったのに。

「やっぱり、聖女候補になるべきは、私じゃなかったんですよ」

余計なことばかりして、助けどころか、彼の枷になっている。

やると決めたことだし、言っても仕方がないはずなのに。つい、アリアはポツリと呟いていた。

一度不安を口に出してしまうと、もうなし崩しだ。途端に、堰を切ったようにドッと後悔が押し寄せる。

（そうよ。私なんかじゃダメだったんだ。もしかしたらお役に立てるかも、なんて不遜すぎた。ちゃんと巫女長あたりに頼ればよかったんだわ。力不足もいいところだったのに、ジークさまの重荷になってる……）

三日しかないのだ、弱音を吐いている暇はない。泣いたってしょうがない。今できることを考えなくてはいけないと、わかっているのに。

「申し訳ございません、ジークさま。私のせいです。私の……」

俯いたアリアが、重いため息とともに繰り返した時だった。


「……そんなことは、ない」


あるはずもない返事が、夕闇の静寂を震わせた。

アリアは、思わずバッと顔を上げ、ジークのベッドを覗き込む。先ほどまでは瞼に閉ざされて見えなかった双貴紅が、かすかな光源でも鮮やかに輝いてこちらに向いていた。

「ジークさま！　お目覚めになったのですか。お待ちください、すぐに人を……」

「君のせいじゃない」

アリアが慌てて枕元に身を乗り出すのと、彼の手がゆるゆると伸ばされ、アリアの手首に触れるのは同時だった。言葉を遮られるように、念を押される。

目の奥が熱くなり、アリアはかぶりを振った。

「私のせいですよ。私の聖術がお役に立てず、逆に足を引っ張りました。そもそも、私が図書室に行こうなんて、余計なことを考えなければ、こうはならなかったはずで……」

「いや、……違う。君を、聖女候補にと望んだのは、俺だ。全ての責は俺が負うべきだし、……君に咎は、ない」

「ありますよ。大ありです。私がちゃんと使える人間なら、ジークさまが傷つかずにすみました！」

それなりに役立てられると自負していた聖術も、結局は聖典の写しを灰にされて終わった。アリアの力はルクレツィアの足元にも及ばなかったのだ。ちゃんちゃらおかしいほどに。

声が情けなく湿り、アリアは唇を噛んだ。

こういう時こそ、得意の長口舌で自分の悪いところを列挙すべきなのだが。今はもう、喉に息が詰まって声が出ない。

「ジークさま、どうして私なんかを助けたんですか。あなたを守るために来たのに、これじゃ本末転倒(ほんまつてんとう)じゃないですか……」

詰(なじ)るアリアに、ジークはふっと表情を緩め。

それから、ぽろりとこぼすように口にした。

「好き、だから」


「……え?」

「一人の男として、アリアが好きだから」

その告白が。

——あまりに、突然すぎて。

(な、な、な……)

アリアは呼吸も止まる思いがした。

「う、うそですよね⁉　あり得ません信じませんよ、それは違います。ジークさまはそんなことは言いません。私のことを好きになるとか、か、か、解釈違(かいしゃくちが)いです!」

「解釈違い……?　まあ、いいんだ……細かいことは。でも、君の理想の、ロッドガルド王太子、ジークフリードなら、……確かに、言わなかったかもしれないな」

ゴホゴホと、時おり苦しげに咳(せ)き込みながら、ジークは言葉をゆっくりと継いでいった。

無茶をしないでくださいとアリアが止めても、彼は話すのを諦めるつもりはないようだ。

「でも、どうせ、……三日限りの命なら。ロッドガルドの……王太子じゃなくて。ただの、ジークとして、言いたいことを、……言っておきたいと、思ったんだ」

「あなたに好きになってもらえるようなところ、自分にあるとは思いつかないんですが！」

「あるぞ、たくさん。一つ一つ、全部挙げてみせようか？」

「ひえ……ご勘弁ください……」

これは夢だろうか。

思いっきり頰をつねりながら、アリアは呆然とした。普通に痛い。頰では足りないかもしれないと思って、膝や腕もつねってみた。やっぱり痛かった。

「……すまない」

ややあって。

肺の底からさらうように大きく息を吐き出し、ジークは沈んだ声を漏らした。

「何一つ、誠実にできなくて。……君には、俺を愛さなくていいと、言ったくせに。これは、契約上の婚約に過ぎないから、……すべきことが終わったら、ちゃんと解放すると。その舌の根も乾かないうちに、このざまだ」

「いいえ。ちゃんとあなたは誠実です。……ジークさまご自身でも、あなたをバカにすることは許せません」

（だって、私に同じ気持ちを返すようになんて、ひと言も強要していらっしゃらないもの）

――アリアは、ジークを慕っている。

それは、幼く無邪気な憧れで。何か輝かしく貴重なものを見上げる時、眩しさに目を細めるような、そんな気持ちの延長だ。そのはずだった。

けれどもう、今まで通り「慕っている」だとか「大好き」だとかなんて、彼の前でおいそれと口にできない。

彼の気持ちを聞かされたからではない。

アリアの中で、もはや「好き」がはっきりと変質してしまったから。それを、目を背けようもなく自覚したからだ。

（昔助けてくれた『お兄ちゃん』の代わりなんかじゃない。私もう、とっくに彼自身のことが、……）

理屈も理由も、理性すらも関係ない。

ただ、心が叫ぶ。彼が大切だ。大好きだ。助けたい。助けたい、助けたい。自分の何に代えても。どんなことを、しても。

（あ、……気づいてしまった。私、――）

どうしてあんなに、頑なまでにジークの婚約者になるのが怖かったのか。

一瞬だけ彼の役に立ってさよならするなら、なんの問題もないはずなのに。その一瞬だけでも己に許せなかった、本当の理由に。

(彼に感じるのは、可愛らしい憧れだけでよかった。……憧れだけがよかった)

だから、忌避しようとしてきたのだ。彼の婚約者になることを。

(こんな、生々しくて美しくない感情なんて、いらなかったのに)

夢の存在に憧れだけを募らせ、好きな人の幸せを純粋に願うという最高のご馳走に、危惧だの嫉妬だの不安だのといった雑味を混ぜたくない。上っ面だけ、楽しいところだけ味わっていたかった。

でも、今となってはその雑味までも、甘さにほろ苦さを添える刺激に感じてしまう。

この感情の名前を、本当はとっくに知っている。

なぜならアリアは、何度も何度も、架空の物語の中で、どこか遠くに感じながら描いてきたから。だが、ならばこそ、それが自分の中にあるものとして気づきたくはなかった。

もちろん、そんな思いは口に出すべくもない。アリアの内心を知るはずもないだろうに、ジークはふと苦笑してみせた。双眸の柘榴色が柔らかく和む。

「……相変わらずだな」

「当たり前ですよ。何年ジークさまの応援を一方的にしてきたと思っているんですか」

少し声が掠れ、気だるげに枕に頭を沈めてこちらを見上げてくるジークは、いつもの力強さや凛々しさは鳴りを潜め、どこか儚げで。それがまた、不安を煽った。

「死なせません」

目頭が熱くなるのを、ごしごしと手の甲で擦って誤魔化し。

アリアは今度こそ、きっぱりと宣言した。

「私が助けますから、絶対に」

――だって、今だけでも。たとえ契約上の、仮初の身分でも。私はあなたの聖女候補なのだから。

柔らかな薄闇が降りた、二人きりの部屋で。ジークの顔を見つめ、アリアは改めて誓う。

ジークは「そうか」と表情を緩めた。

日付が変わると、うまく浄化の術が効いてくれたらしく、ジークは少しずつ動けるようになってきた。今は、無理さえしなければ問題ないようだ。
しかし、毒が消えたわけでも、根治したわけでもない。大聖者の見立てでは、相変わらず、命の期限は切られたままらしい。一日経ってしまったので、もってあと二日。

（そうはさせない）

覚悟を決めたアリアは、ジークと大聖者が揃っている場で、重々しく切り出した。

「ジークさま、猊下。……私、北の塔に行っていいですか」

こんな時だからこそ、自室に政務を持ち込んでいたらしいジークは、机上の書類から顔を上げる。

「危険すぎる。やめた方がいい」

当然のように止めてくるジークに、「申し訳ございません、許可の形を得たのが間違いでした。北の塔に参ります、と宣言しに参りました」とアリアは恭しく首を垂れる。

内心では、胃がギュルギュル逆流するような気持ちである。

（ううっ、心が痛い。よりによってこのお二人に啖呵を切るような真似を……！）

だが、ここで退くわけにはいかない。

「北の塔に行かなければ、ジークさまは必ず命を落としてしまいます。それを甘んじて受け入れろと」

「……だが、罠以外の何ものでもない。あちらが、俺の命は助けるという約束を守るとも到底思えないぞ」

「もちろん承知しております。みすみす言われる通りにするつもりはありません。妃殿下のお人柄が誠実とも思えませんし。たとえ一度は解毒するふりはしても、回復を待たずに再び襲ってくるのは必定かと存じますので」

「それがわかっているなら、なぜ！」

　思わずといったふうにジークは声を荒らげるが、そこで傷が痛んだのか、顔をしかめて肩を庇う。驚いてアリアは駆け寄った。

「ジークさま、大丈夫ですか」

「いや、……問題ない。が、やはり北の塔に行く許可は出せないな」

『そう頭ごなしに決めつけるものではないよ、ジークや』

　そこで。

　宝石のついた杖でジークを押さえるようにし、大聖者は穏やかな声で宥めた。

『アリアお嬢さんにも何か考えがあるんじゃろうて。まずはそれを拝聴するところからじゃ。せっかちで話を聞かない男は好かれんどころか嫌われるぞ、ジーク』

「……それは困ります」

　言い返すかと思いきや、意外なことに、ジークはその言葉を聞いておとなしく引き下がった。ただし、苦虫を噛み潰したような顔をしていたけれど。

「アリアに嫌われるのは、困る」

　とはいえ、念を押すように続けられたひと言に、今度はアリアが「ひえ」と奇声をあげることになる。大聖者が『ホホーウ』と愉快そうににんまり笑うので、ちょっともうお願いだからそういうの勘弁してください、とアリアは心の中で念じた。

「……きらいませんが、はなしはきいてほしいです」

『カタコトじゃの』

やっとのことで返すと、大聖者にすかさず突っ込まれる。ほっといてください。

こほんと咳払いして、アリアは目の前の二人を順繰りに見た。

「……猊下のお身体が、北の塔の最上階にあることはわかっているのです。そして、ルクレツィア妃殿下の支配下に置かれ、瘴気に満ちたこの王宮でもあの方に対抗できるのは、今のところ、生身を得た猊下をおいて他にありません」

『それはそうじゃが』

「確認ですが。本来の猊下であれば、ジークさまの解毒ができるのですよね?」

彼は、『盤石であれば話は別』と言っていたはず。これに対して、大聖者は一拍ほど考えたのみで、やはりさほど迷いもせずに首肯した。

『うむ。できるな』

緒戦で消耗した力も、今ならおそらく戻っている。バジリコックの毒ならば、ちゃんと従前のままの条件であればさほど労せず中和できよう、と彼は請け合う。アリアは「で、あるなら尚更です」と前のめりになった。

「捕まって依代にされる前に、猊下の生身を解放してしまうのはいかがでしょう」

——もちろん、危ない賭けにはなる。

向こうは、手ぐすね引いてアリアの訪れを待っているのだ。確実に配下の魔術使いも控えているだろうし、何体かは魔獣もあらかじめ召喚しているかもしれない。

「でも、勝算がないわけではないので。私がメダイヨンを持って、猊下の精神体を最上階までどうにかお連れします。猊下は護身のために自らを封じられたと伺っております。氷漬けを解くのは、ご自身でできますか？」

『氷に向けて、わしの依代のメダイヨンを投げ込んでもらえれば。ただし、ルクレツィアにメダイヨンを砕かれたり、逆にわしの意識が戻る前に身体そのものを損なわれれば、一巻の終わりじゃがな』

かなり勝率は悪いが、ジークが死ぬよりもずっとマシなはずだ。

「……猊下を危ない目に遭わせてしまうことになりますが、乗っていただけますか？」

『よいよい。可愛い養い子が死ぬよりずっといいじゃろう。むしろ、この老いぼれが若者に無茶を強いることになって、心苦しいばかりじゃ。なけなしの神力ですまぬが、せめてめくらましは任せておくれ』

「待ってください」

話を勝手に進めるアリアと大聖者を、ジークが思わずといったふうに引き留める。

『なんじゃジーク、聞かんぞ異論は』

片眉を上げる大聖者と、うんうんと無言で頷くアリアを前に、はあっと深く息を吐くと。

眉間に寄った皺を指先で伸ばしつつ、ジークはこう切り出した。

「異論は……心底申し上げたいですが、無駄だというのはよくわかりました。ですので」

（ですので？）


「俺も行きます」


「えっ」

『なぬ』

アリアと大聖者の声が見事に被った。

「なんですか。異論は聞きませんよ」

やり返すようにジークに突かれ、大聖者は『可愛くない育ち方をしおって、誰に似たのやら』と嘆かわしげにため息をついている。

「だ、ダメですそんなの！　ジークさま、大怪我をされて、毒も消えていないのに」

慌てたのはアリアである。

（死にに行くようなものよ！）

「どうせ待っていたって死ぬだけなのは同じだ。幸い、君とセレス嬢の浄化の聖術のおかげで、身体を動かすのが楽になった」

「でも」

「一緒に行かせてほしい。婚約者だけ危険に曝すのは、生き恥を曝すのと同じだ」

（うっ）

思わず心臓を押さえ、アリアは呻いた。

（ふ、不意打ちでそういうセリフはやめて……）

うっかり次回作に使いたくなってしまう。——いや、そんなことを言っている場合ではないのだが。そもそも生き残れなければ執筆もへったくれもない。

「……全員で向かうのは危険すぎるので、セレスにはここにいてもらいますね」

アリアには、ひとまずそう返すのが精一杯だった。

北の塔は、ルクレツィアの暮らす内廷区画の中でも、とりわけもの寂しく荒れた場所に位置している。

かつては『囚人の塔』と呼ばれ、王族に叛逆したり、他国と通じていた謀反人の中でも、高貴な身分の者たちを収監していたという。今は王宮内のルクレツィアに反目する者がほとんど処刑され尽くしてしまい、誰もいない無人の建物と化していた。周囲を瘴気で立ち枯れた黒い木々が取り囲み、湿った風がどこか生臭い。

灰色の石造りの無骨な建物は、それなりの規模があり、最上階は広間のようになっているらしい。

では、なぜ大聖者がそんなところに自ら出向いたかといえば、もっとも閑散として、周囲を巻き込まずにすむ立地だったからだ。彼はルクレツィアとの決戦の場をそこに選び、彼女の霊体を封じ込めようとしたという。

そして、惜しくも競り負け、害される前に自らを氷漬けにして閉じこもった。眠り続ける彼の現し身は、使い切った力を養い、今はただ目覚めの時を待つばかり。

（よし）

予備の聖典を、腰のベルト飾りに納め。神力の補助にと肩布も着用し、首から鎖で吊るした銀のメダイヨンを握りしめ、アリアは聳え立つ北の塔を見上げていた。

時刻は、まだ夜の明け切らない早朝。東の空を、淡い薄明の光が染めている。この時刻は、森羅万象あらゆるものが生への賛歌に湧く刻だ。いずれ強くなる陽の力は、ルクレツィアの外法に使われる瘴気を少しでも和らげてくれると踏んでの時間選びである。

アリアのすぐ傍らには、目立たないよう王妃付き護衛騎士の黒い隊服を着用したジークの姿がある。ちなみに王太子付きの騎士たちは、アリアたちの潜入とともに、陽動を起こしてくれる予定だ。

（ここまでは、どうにか順当に来てる……）

アリアは大きく息を吸い込んだ。

――大聖者が残った力を振り絞ってめくらましの聖術をかけてくれたおかげで、ここに着くまでに、どうにか巡回の魔術使いたちの目は欺くことができた。アリアたちが大聖者の身体を奪還に来ることを見越して、当然のように見張りの数は増しているはずなのに。本来の力に遠く及ばないとはいえ、やはり彼は、ロッドガルド写本における聖術最強の使い手の名にふさわしいと言わざるを得ない。

問題は、最上階に着いてから。

――きっと、ルクレツィアは手下を従え、そこで手ぐすね引いている。

(頑張らなきゃ。ここで失敗したら、ジークさまは……)

北の塔の入り口は、ぽっかりと口を開けた暗い穴蔵のように見えた。もしも、の先は考えたくない。

不安と緊張にごくりと唾を呑むアリアの肩に、そっと触れる手がある。

「大丈夫だ」

「……ジークさま」

「君のことは、必ず守る」

励ますように軽く背を叩き、小声で告げられた言葉に。アリアは思わず、ホッと息を漏らした。

そんなことは。

「……私のセリフです」

塔の中は薄暗く、ぬらついた石壁にところどころ、道筋を示すように淡い灯火が配されている。橙色の炎ではなく青白いその光に、言い知れない不安がよぎった。

見張りの目を掻い潜って、アリアはジークと共に急な階段を駆け上がった。

明かり取りの切り窓から差し込む、淡い陽光のぬくもりがありがたい。

息を殺して、上へ上へと足を進めながら、アリアは、あらかじめジークと打ち合わせた内容を、頭の中で反芻していた。

(私の聖術が通用するとは思えない。衝突はできるだけ避けなくちゃ。でも今は、大聖者猊下のめくらましの加護がある。妃殿下に勝つ必要はない。その目を盗んで、猊下が閉じこもった氷にメダイヨンを投げ込めば、勝てる……！)

王宮には、王妃への畏れと、彼女の振りまいた邪気がくまなく満ちている。

大聖者本来の聖術でもなければ、ルクレツィアに正攻法は挑めないだろう。だからこそ、まずは彼の復活に全力を注ぐのである。

(けど、——もし)

あまり考えたくはない「もしも」について、アリアは考えを巡らせた。

(もしも、猊下の生身を取り戻すまでに、重大な問題が起きてしまった時は……)

この先は、アリアの考えでもジークの提言でもない。親友セレスの案だ。

——〝ねえアリア。もしもあなたの聖術が全く妃殿下に通じなかった時でも、ひょっとしたら、突破口になるかもしれないものが、一つだけあるんですのよ。あなたにだけ使える、特別な術がね。だって聖術は、信仰の力、人間の思いの輝きなんですもの〟

その続きに登場する、半ば押し付けるようにセレスに持たされたものが、ベルト飾りの物入れの中で、なんとなく重みを増した気がして。

（いや、現実は重いというかむしろ薄くて軽いんだけども）

絶え間なく足を動かしながらも、うっかりと思い出してしまったことに、アリアはちょっと顔をしかめた。

（なんであれ、うっかり受け取っちゃったけど。納得したかっていうとそんなことはなく……いや、いやいやいや……それはさすがにあり得ないというか難しいと思うけど？　セレス……）

とりあえず、その『最終手段』を使う局面になる前に、とっとと役目を果たしてしまえばいいのだ。『これ』のことは、今は忘れておこう。

気を取り直し、アリアはきっ、と顔を上げた。

「もうすぐだ」

同時にジークの声がけがあり、アリアは視線を上に向けた。

気づけば、永遠に続くかと思われたほど長い螺旋階段の果てが、すぐそこにまで迫っている。四角く切り取られた通用口から、ほの青い光が漏れていた。

（青？　なんの色……？）

ふとアリアは首を傾げる。

例の不気味な灯火ならば、もっと薄暗くてしかるべきだ。暁光にしては、妙に人工的な青みがある。

果たしてその正体は、最上階にたどり着いた時、すぐ知ることができた。

壁石に身を潜ませるようにして、乱れた息を整えつつ、ジークと共にそっと中を覗き込む。途端に、冷気が肌を刺した。

（……ここは……）

最上階は、塔の外観からは想像できないくらい広く、天井は見上げるほど高い。小規模な舞踏場くらいはあるのではないだろうか。窓はなく、調度もない。ただ黒々した無機質な石壁に囲われるのみだ。

そして、その広々した空間の真ん中に、巨大な氷柱が鎮座していた。

透き通り、青白い輝きを内側から放つそれは、大人が数人手をつないで囲まなければ一周できないほどには大きい。鋭角な造形美を見せ、まるで鉱洞の中に生える石英の結晶のよう。

氷柱の中央には、まるで守り抱かれるように、何か白いものがおさまっている。

（大聖者猊下！）

口元を思わず覆い、アリアは息を呑む。

氷の放つ光がほのかに照らすので、遠目にもその様子はよくわかる。姿形は、アリアのメダイヨンに宿っている彼と全く同じだから間違いない。まるで、水の中に揺蕩いながら眠っているようだ。

目の前の光景は、現実離れして美しく、幻想的で。

アリアはしばし、状況も忘れて見惚れてしまった。

――その時だった。

「よく来てくれたわね。出ていらっしゃい、そこにいるのでしょ？」

聞き覚えのありすぎる声音が耳朶を打つ。アリアの喉を、ひゅうっと音を立てて呼吸が滑った。

「うまく忍び込んだつもりだったかもしれないけれど。あなたたちが侵入したことなんて、とっくに気づいていたのよ。ここにも魔術で結界を張っているから。……もっとも、下で見張りをしていた子たちは、あとでお仕置きをしなくてはね。……必ず来るからきちんと捕らえなさいと、よぅく言い聞かせたのに。ここまでみすみす入り込まれるなんて」

愉しげなその声が、誰のものかなんて、考えるまでもない。

（ルクレツィア妃殿下。やっぱり待ち受けていたのね）

ごくりと唾を呑み、アリアは胸元のメダイヨンを握りしめる。

傍らにいるジークを見上げると、彼は硬い表情で頷きを返してきた。

――ここから先は、大聖者猊下には、ご自身の身体にお戻りいただくことを最優先していただかなくてはならない。彼にめくらましの助力など頼めないし、何より、そんなものが通用する段階でもないだろう。

腰の物入れを探り、アリアは素早く聖典の写本を取り出した。使い慣れたものと違う、まだ真新しい革の手触りが、なんとも心細い。

「アリアセラさん、それにジーク。せっかく来てくれたのだから、顔くらい見せてちょうだいな」

アリアたちが無言でいると、ルクレツィアは猫撫で声で続けた。

何を考えているのやら。しかし、誘いに乗ったところでロクな目に遭わないことだけは確約されている。アリアがますます写本を持つ手に力を込めた時だった。

「そう。出て来ないなら、こちらから行くわね」

ふっと、声音が冷える。

その予告と同時に、ルクレツィアは何やら意味の通らない、面妖な呪文を唱え始めた。

文字の音だけを無作為に羅列しているようで、首を傾げたアリアだが。相手の意図に気づいた瞬間、ハッと息を呑む。

（逆さ聖句の魔術！）

元の文章はおそらく、第三十五節の冒頭部。

一般的な聖術では、水と氷にまつわる聖術に使われる祈りだ。

「……！　アリア、こちらへ！」

いち早く何かに気づいたジークが、アリアの肩を思い切り引き寄せる。

そのまま彼は、アリアを半ば抱き抱え、転がり込むように広間の中へと身を滑り込ませた。アリアが目を白黒させていると、一拍遅れ、さっきまで自分たちが立っていたところに、巨大なつららが生える。

あと数秒遅れたら、ジークと自分はまとめて串刺しになっていたに違いない。

思わずゾッとして腕をさするアリアを床に下ろし、ジークは前方を睨み据えた。

彼に倣い、アリアも目の前を確かめる。

大聖者の氷像の前を、魔術師たちがずらりと並んで固めている。黒い外套を頭からすっぽり被った彼らは、同じ色の聖典を開き、いっせいにこちらを牽制してきた。

（これじゃ、猊下に近づいてメダイヨンを投げようもない……でも）

どうにか隙を見つけてみせる。

そのための方策については、ジークとあらかじめ打ち合わせてあった。

（まずは、妃殿下がいつもの召喚術を使ってくれたら……！）

作戦を気取られないように、アリアは口をつぐむ。

一方で、ルクレツィアと対峙し続けてそのあたりの駆け引きに長けたジークが、アリアを庇うように一歩前に出た。

彼は軽く顔をしかめると、スラリと長剣を抜き放つ。

「……随分なご挨拶ですね、妃殿下」

「あら、お義母さまと呼べばいいっていつも言っているのに。うふふ、怖い目で睨まないでったら。やんちゃな息子に少しお仕置きをしただけじゃないの、ジーク」

「お断りします。息子などと、思ってもないことを。あいにくと今生きていて話の通じる俺の親は、育ての親だけ。あなたがそこで捕らえている猊下のみですから」

彼は、氷柱から受けた青白い光を流す刃を構えると、低めた声音で返す。

対してルクレツィアは、「あらそう？　残念」などと、全く残念ではなさそうに微笑んでいる。彼らのやりとりを、アリアは緊張しながら聞いていた。

「アリアの身体を傷つけたくないなら、いささかやり方が乱暴ですね、妃殿下」

「いやぁね、ちゃんとあなただけ殺すように加減していたわ。多少損なったところで、使い始めてから修復すればいいだけだし。でも、彼女ごとうまく避けてくれてありがとうね。そんなに神力に満ちた器、なかなかないもの。この母のためにわざわざ新しい身体を見繕ってくれるなんて、我が息子ながら孝行者だこと……」

あなたの役目は終わったから、もう退場してくれていいのよ。この世からね。

ルクレツィアの宣言とともに、氷柱の周囲を固める魔術師たちが、声高に逆さ聖句を唱え始める。

途端に。

ぼうっと青白い光にのみ照らされていたその場に、橙色の閃光と、熱気が爆ぜた。

（今度は炎！）

まるでとぐろを巻く蛇のように、ぐるりとこちらを取り囲む炎の壁を、ジークが長剣で薙ぎ払う。

途端に、じゅうっと火に水をかけるような音をあげ、熱と光は掻き消えた。

（効いてる……！）

そのさまを見て、アリアは思わずホッと胸を撫で下ろしたくなった。実は、ジークの剣には、もともとあった大聖者の加護に上乗せて、アリアも細工を施している。

アリアの得意とする『浄化』の聖術を、幾重にも繰り返し刀身にかけてあるのだ。

魔術は、冒瀆され穢された聖句を用いて行使される。よって、浄化の聖術は、魔術を打ち消すことができるのである。

片腕で常にアリアを庇いながら、ジークは次々と繰り出される魔術の攻撃を、難なくいなしていく。剣をかざせば、降り注ぐ氷の槍も立ち込める毒霧も、たちまちに吹き飛んだ。

（ジークさまの剣技があれば、このままでも大丈夫そうに見えるけど。浄化の術という

〝塗装〟を使い果たしてしまったら、そこまでだわ）

可能な限り彼の負担にならないよう自身も逃げ回りながら、アリアは唇を噛む。

「あらあら。やるわねえ」

唇に人差し指を押し当てて、感心したように笑うルクレツィアだが、先ほどより声には苛立ちが滲んでいるように思われた。

「そんなあなたはさほどですね。お得意の魔獣も出さずに勝てるとお思いで？」

ふっと笑い含みに、ジークがルクレツィアを揶揄う。

あからさまな挑発に、娥眉をぴくりと動かし。

「生意気ね。誰に似たのやら」

赤く塗った爪の先を、手元の聖典に滑らせ、ルクレツィアは忌々しげに唇を開いた。紡がれるのは、やはり逆さ聖句の呪いだ。

「何を企んでいるのか知らないけれどね。お望み通りにしてあげましょう」

彼女の声に従い、見る間に禍々しい紫色をした瘴気の渦がその傍に立ち上る。

内から巨大な三つ首の獅子が姿を現すのを見て、恐ろしいけれど、アリアはしめたと思った。かなり大きい。

（予想通りだわ！）

たてがみを揺らして、場を丸ごと震わせる咆哮をあげる獅子に、ジークが表情を引きしめる。爪で床石を削り己に突進してくる獅子をギリギリまで引きつけた彼は、そのまま魔術使いたちの列に飛び込んだ。

攻撃の巻き添えを食い、獅子の身と激突した魔術使いが一人、ぎゃあっと叫んで弾き飛ばされた。玉突きに別の者もぶつかられ、混乱が広間に伝わる。手下たちの狂騒に、煩わしそうにルクレツィアの唇が歪んだ。

(今だ!)

ジークのそばをすり抜け、アリアは素早く氷柱へと駆ける。これでも、足の速さとすばしっこさには自信があるのだ。

(魔獣を召喚すれば、どうしてもその動きに注目が集まる。ジークさまに妃殿下と術師たちを翻弄していただいて、隙を作る。猊下のそばに寄る好機は今しかない!)

首から外す手間も惜しんで、引きちぎったメダイヨンを振りかぶる。肌が擦り切れて、チリっと首筋に痛みが走ったが、気にしている余裕がない。

(これで勝てる!)

まさに、アリアがメダイヨンを氷に投げ込もうとした、その瞬間だった。

「あら、まあ。——勝てる、とでも思った?」

ルクレツィアの嘲りが、その手を止めさせる。

刹那、恐ろしく嫌な予感が、怖気となって背筋を這った。思わずアリアが再びメダイヨンを握り込んだ時、目の前に、ばかりと真っ赤な口が開く。

「そのくらい、読めているのよ。召喚したのが一頭だけのわけないでしょ」

毒液の滴る二本の牙から、吐息の生臭さまで感じる近さに寄ったそれが、ジークの身を冒す毒の持ち主――バジリコックだと知れた。

（やられた……！）

メダイヨンを守り切れたのはいいが、このままでは万事休す。

冷たい汗が背を伝い、恐怖で指先を凍らせたアリアは、身体をドンっと突き飛ばされて床に尻餅をついた。

バジリコックの牙が、自分を庇った誰かの腕を貫いている。ここで助けてくれる人が誰かなんて、決まっている。

「ジークさま……！」

二度目の牙を受けた彼は、鈍く呻き、その場に倒れ込んだ。荒い呼吸とともにどうにか立ち上がろうとするが、痙攣した腕から力が抜けていくのが見て取れる。

――ただでさえ、無理をして動いているのに。再び同じ毒を喰らって、もはや無事にすむわけがない。

二度も、……二度も守られてしまった。今度こそ彼を救えるはずだったのに。

情けなさと焦燥と苦痛と、あらゆる感情にもみくちゃにされ、アリアは言葉もなく喘いだ。駆け寄って彼の背に触れ、震える声で浄化の聖句を唱える。しかし、バジリコックの尾が跳ね、その手から写本を弾き飛ばされてしまう。

（武器、が）

——終わった。

ゆるゆると、アリアは顔を上げた。

周りはぐるりと魔術使いたちに囲まれ、その後ろに、三つ首の獅子とバジリコックが控えてこちらを睥睨している。

ぺたんと尻餅をつくアリアの耳を、ルクレツィアの哄笑が打った。

「あははは！　もうおしまい？　可愛らしいお遊戯だったこと！」

「……っ」

思わず、歯を食いしばる。

精一杯の虚勢を込め、アリアは彼女を睨みつけた。もっとも小娘ごときの眼差しでは、美しい紫水晶の瞳は、子猫の爪ほどの痛痒も感じなかったようだが。

「ねえ、アリアセラさん。無駄な抵抗なんてやめて、素直に身体を明け渡した方が楽よ？　あなたの身体は、どうしてかとても類まれな神力をまとっているのよね……。今までに見たことのない、不可思議で、強い輝きだわ。あなたを手に入れたら、きっと私は望みの全てを叶えられる……そんな気がしているのよ」

不意にルクレツィアは恍惚とした表情で宙に眼差しを投げ、大きく腕を広げてみせた。まるで、アリアの中にある、不可視の巨大な〝何か〟を掴み取ろうとするように。悪寒を堪え、アリアは唇を噛む。

「妃殿下が私にこだわっておいでなのは、それが理由ですか」

「ええ、そうよ。貴重な器をこれ以上傷つけたくないの。あなたが意思を折って、おとなしく従ってくれた方が、こちらもうまく入り込めるのよねえ」

「……お断りします」

「一応約束通り来たのだから、ジークを助けてあげるって言っても？」

「そ……れは、確かに魅力的ですが。一度解毒しても、この身体を手に入れたら、どうせすぐに殺すおつもりでしょう」

「わかっているじゃない！」

ケラケラと手を叩いて笑うと、ルクレツィアはそこでふっと真顔になった。

「ああ、長かったわ。ジークが死ねば、すぐにザグラスにもあとを追わせてあげないと。……これでやっと、憎きロッタルクの血を絶やしてやれる。そうすれば、滅ぼすべきはこの国だけ……」

まるで、アリアではなく自らに言い聞かせるような調子で呟くと、ルクレツィアは黒い聖典を恭しく額の前に両手で掲げてみせた。

「さあ、この世にお別れを告げてね。ジークとは地獄で再会するといいわ。さようなら、可愛いお嬢さん」

にいっと頬を歪めて邪悪な笑みを浮かべると、ルクレツィアは一歩、また一歩とこちらに歩を進めてくる。

己の身を乗っ取ろうとする妖婦の接近を甘んじて許すしかないアリアは、ジークのそばに座り込んだまま、ぐっと拳を握り固める。なすすべもない、……わけではない。

そう。万策は――実は、尽きてはいない。

(……セレス)

――〝ねえアリア。もしもあなたの聖術が全然妃殿下に通じなくても、ひょっとしたら、突破口になるかもしれないものがあるのよ。あなたにだけ使える特別な術が。だって聖術は、信仰の力、人間の思いの輝きなんだもの〟

親友の言葉を、目を閉じて反芻する。

きっとルクレツィアには、アリアが全てを諦めて運命を受け入れたように見えるだろう。しかし、アリアはまだ足掻くつもりでいた。

それこそ、禁じ手にして奥の手だったが。

油断したルクレツィアの隙をつき、アリアはゆらりと立ち上がる。そして腰の物入れを指で探ると、おさめられていた〝あるもの〟を取り出した。

あいにくと製本したものは全て配ってしまったので、手元に残ったのは、分厚い紙束のみだった。異様な気迫のもと勢いのまま書き殴られ、雑に革紐で綴じられた、活字になる前の、己の肉筆。

（たとえ一か八かでも。やらないよりマシ……！）

ルクレツィアの顔が、訝しげなものを帯び、アリアの手にある原稿の題を読み上げる。

「……？　あなた、何、それは……？　んん？　じ、『ジークフリード戦記』……？」

その途端。

アリアはさっと一ページ目を開くと、すばやくその一行目に目を走らせた。

「――『遠き者は音に聞け、近からん者はとくと見よ。彼の者の名はジークフリード。ジークフリード・イーライ！　この世に二つとなき双貴紅を瞳に宿した青年の宿命は、恵まれた生まれに反して苛酷なものであった』……」

（あっ無理です吐きそう）

脳が訴えかけてくる拒絶反応を無視して、アリアはそれを、高らかに読み上げる。

──自ら書いた、『ジークフリード戦記』の一巻目。その冒頭部の文章を。

声が場を震わせた瞬間だった。

手元の『薄い聖典』の原稿がぼんやりと白く燐光を帯び、そこから金色の聖気が溢れ出す。瞬く間に川の流れの如き奔流と化した輝きは、塔の最上階を、真昼の晴天下ほどに明るく照らし出した。

「なっ……⁉ なんなの。何よ、これは……！」

やっと、ルクレツィアの声に動揺が滲んだ。彼女と出会ってから初めて聞いたと、アリアはどうでもいい感慨を抱く。

もっとも、激しく動揺しているのは、実はアリアも同様だった。

己が特に表情が顔に出にくいたちであるのを感謝したことは、この王宮に来てから何度もあった。が、今日のは特大かもしれない。

(だって！ 理屈は合ってても、セレスの言うことだしで話半分だったけど！ まさか本当に、『薄い聖典』の原稿が聖典の原本として使えたなんて⁉)

そう。

この世界において、聖術のよりどころとなる聖気とは、「その場に満ちた、聖典に対する人々の思いの力」に他ならない。

つまり、親友セレスが身分の貴賤どころか老若男女も問わず布教に布教を重ねた結果、

この宮殿にはアリアこと『名もなき様』作品の熱い読者が、増えに増え続けている。

おかげで、この塔といわず王宮全体に、アリアの書いた『薄い聖典』への、信仰心にも似た暑苦しい万感が満ち溢れているのである。

――〝わたくし、気づいちゃったのだけど。唯一にして無二の聖典『創世の稀書』でも、その最強の術者たる大聖者猊下もルクレツィア妃殿下も、原典に「触れただけ」だし、頼みにするのは写本よね。それじゃ、そもそも写本どころか原典を書き上げたアリアなら、『薄い聖典』については現在過去未来通してこの上ない使い手になれるんじゃなくって？それも手ずから記した原稿ともなれば、ね〟

ここに送り出す前に、セレスはそんな提案をくれた。「いや無理でしょ、それはないでしょ」とアリアは固辞したし、実際にセレスと一緒にそんなことが本当に可能なのか試した――そう、いくら挿画を担当してくれている親友の前でもさすがに羞恥心で死ぬかと思った――時には、風にまつわる文章を朗読しても、そよ風すら吹かなかったのだ。「ほら無理だったじゃない」と確信を得て断固拒否しようとするアリアをやんわりと、しかし決して譲らずたしなめ。セレスは、『薄い聖典』の原稿の束をいくつもアリアに持たせてくれたのだった。

（ありがとうセレス……！　でも、前は使えなかったのに、なんでいきなり……あっ）

ひょっとして、と。理由にアリアは思い至る。

（私本人の問題⁉　他でもない私が、『薄い聖典』に救いを求めたから⁉）

救いを求めた、なんて高尚なものではなく。

（実際のところは、藁にも縋る思いというか、いや藁なんて立派でもなく、髪の毛一本みたいなものなんだけども！　本気で聖術を使って、今こそジークさまを助けたいと願ったから……）

この世界において、言葉に込められた想いこそが力だ。

ただの分厚い紙束が、紛れもなく聖典と化した。その中にアリア自身が精魂を込めて刻んできた、文字の群れが。救いのない宮廷内で、わずかな希望を見出した人々の心が。

アリアの切なる想いと、真摯な信仰心に呼応したのだ。

（まあ聖典っていっても『薄い聖典』なんだけどね⁉）

冷静になったら負けである。

謎の高揚感に満たされたまま、アリアは自ら記した『薄い聖典』の中から、それっぽい文言を含む頁を選んで、さらに朗じる。精一杯の心を込め、ジークの傷を癒やし、毒を消すような言葉を。

「――『だが、読者の皆様にはご安心願いたい。如何に苛酷な運命が待ち受けていようと、何ものであれ彼を真に害することは能わない。なぜなら彼は、ジークフリード・イーライなのだから！　ここに紡がれる彼の栄光の物語を、皆様にはどうか共に見届けていただきたい』……」

絶えず声を張りながら、脳がチカッと危険信号を発してきた。

（この窮地で、並み居る敵を前に、自分の書いた『薄い聖典』の文章を自分で音読させられるって……）

いや、どういう状況だろう。

確かに冷静になったら負けなのだが。しかし、それでも自ら突っ込まずにいられない。

（いやいやいや無理！　このシリーズは最初に書いたやつだし、確かに何年も前の作品だけどそれにしたって何このヘッタクソさは⁉　っていうか微妙に言葉選び間違えてるし語尾の括り方めっちゃくちゃ被ってるし、多分『遠からん者は』云々って覚えたばっかりの慣用句をろくに意味も調べずに使ってみたかっただけだよね！　まずもって『だがご安心願いたい』じゃないのよ私が一番安心できんわ！　無駄に読者の皆様とかに呼びかけるの何⁉　誰の影響⁉　まあ絶対に当時ハマってた先輩たちの薄い聖典のまねなんだけどね⁉）

脳内で、高速のツッコミが滔々と溢れて止まらない。

恥ずかしすぎる。

それでもどうにかこうにか雑念を振り払いながら、強い気持ちで「ジークさまを治して」と希うと。

続きを唱えた途端、アリアの手の中に集まっていた光のかたまりは、瞬く間にジークの身体へと吸い込まれていった。

そして、毒に冒され紫色に変色していた肌を癒やし、見る間に修復していく。一時しのぎの中和どころではない。傷そのものをすっかりなかったことにしてしまった。

「うっ……」

やがて、小さな呻き声をあげ、ジークがわずかに身じろぎした。黒いまつ毛が震え、かたく瞼の下に閉ざされていた双貴紅が開く。

（ジークさま！）

「俺は……？」

「気がつかれましたか。バジリコックの毒を受けて倒れられたのです」

見た目には、アリアは無表情で頷いた。

実態は、無は無でも心は虚無である。もうどうにでもなってくれ。世にヤケクソとは、こういう時に使うためある言葉なのだろう。

それでも「私の『薄い聖典』で復活したんですよ」とは口が裂けても言わない。まあ、このあとの展開を考えると、おそらくすぐにバレるけれども。

「はぁ⁉　お前……何、その奇っ怪な『聖典』は⁉　しかも『ジークフリード戦記』ですって⁉　そんなふざけた内容と名前の写本、聞いたことも見たこともないけれど！」

ルクレツィアが金切り声で問うてくる。いつの間にかこちらへの呼びかけ方が「あなた」から「お前」に変わっている。今まで余裕を崩したことのなかった彼女の、憎悪と焦燥に満ちた様子というのは、なかなか気分が良かった。叶えている代物が代物でも。

(でもおっしゃることはその通りすぎて辛い！)

名前も内容もふざけていてすみません。これでも真面目に考えたんです。執筆当時は。

「妃殿下はご存じありませんか」

アリアは、努めて静かに聞こえるように問い返した。知るわけないでしょう、というセリフを期待していたのだが。

「あっ、『ジークフリード戦記』……」

なぜか答えはすぐ近くから聞こえた。もちろんルクレツィアではない。

魔術使いの一人が、ついうっかりというふうに呟いたのち、慌てたように口を押さえている。

おまけに、見れば、魔術使いたちは結構な割合で衝撃を受けているようだ。小さく囁き交わす声がこちらまで聞こえてくる。

「えっ、なんで？」

「どうしてあの本がここに……」

「どういうことなんだ」

「お前新刊持ってる？」

最後の一個、誰だ。今言うのはちょっと違わないか。ご愛読ありがとうございます。

（でも、敵にまで蔓延……じゃなくて浸透してるなら、ここでこれだけ威力が出るのもそうなのかも⁉）

細かいことはあとで考えるとして。

次いでアリアは、『ジークフリード戦記』原稿の頁を素早く捲り、続いて使いたい聖術の該当箇所を探り当てる。一応作者なので、どこに何が書いてあるかは大体把握している。まあ忘れたい時もありますけれども。

「――『そして彼は名乗りをあげた。「我が名はジークフリード・イーライ！　人の心を持たぬけだものたちよ、この場から立ち去るがいい」と！　途端にあたりには雲間からの太陽の光が差し込み、彼のかざす剣を照らし上げた。続けて彼が剣を一振りすると、邪な気は打ち払われ、あたりには暗闇と、静寂だけが残ったのだった』」

（待って、今見つけたくなかったんだけど。「あたりには」が近いところで二回重複してるし、太陽の光が差し込んでる一行後に暗闇がそこに残ってるのはおかしいんだけど）

自分の本だから気づいてしまう、誤字脱字とおかしな表現の数々。直したい。ああ直したい、直したい。どうして今まで平気で版を重ねていたんだろうか。過去の自分の神経が信じられない。はたき倒しに戻りたい。

内なるアリアの絶叫はさておき、『薄い聖典』の効果はてきめんだった。

けだものたちを一喝で追い払う文言を唱えれば、魔獣たちは苦しげな唸りをあげながら、現れた時と同じ紫の煙とともに消失する。

瘴気を清める文言を詠じれば、禍々しい気配は遠のいて、天井から降り注ぐあたたかな光が場に満ちる。

傍目には、それは圧倒的で、神々しいまでの光景だった。

「くっ！」

もはや虚飾をかなぐり捨てて舌打ちしたルクレツィアが、手元の黒い聖典を開く。別の魔獣を召喚したようだが、新たに現れた何かを、アリアは一瞥もせずあっという間に無に還してしまった。

「なんなのよ……なんなのよそれはぁ……！　あ、……まさか……お前のまとう、奇妙な聖気の輝きの源は……!?」

逆さ聖句を唱えるルクレツィアの声が、いよいよ切迫して断末魔じみてくる。

（いやこっちも拷問なんです！）

もっとも、『薄い聖典』の聖術を使うアリアはアリアで、内心悶絶していた。

（こ、この聖術……！）

相手には物理的に攻撃がいくかもしれないが、引き換えに、自分への精神的な殺傷能力が高すぎる。心はもうだいぶ血を吐いているし、たぶん何回か死んでいる。こんにちは、ここにいるのは屍です。

すでに立ち上がり、近くに控えているだろうジークの顔を見られない。とはいえ聡明な彼のことだから、今どういう展開だか、とっくに察知してしまっただろう。

「アリア、手を。猊下のメダイヨンを俺に」

案の定。どうにか気にせずにいたかったが、聖術を使うことのみに必死なアリアの状況をも、ジークはすぐに見抜いてくれたらしい。

小声で囁きかけられ、アリアは素早く鎖ごとメダイヨンを彼の手に落とし込んだ。

受け取るや否や、ジークは長剣を構え直し、前へと駆ける。

巨大な魔獣を呼び出すのは諦め、数によってアリアをどうにかしようと、次から次へと小さな魔物を召喚してけしかけてくるルクレツィアの思惑ごと切り払うように。アリア目がけて飛ぶ毒鳥や人喰い蝙蝠を、手当たり次第に打ち落としながら。

彼はすぐに、大聖者の眠る氷柱へとたどり着いた。

「――『ジークフリードの手が、聖なる氷に触れる。たちまちに聖なる蒼き光が内側より溢れる』……」

ちょうど、まるで現状を予言するかのように、該当する描写を読み上げたところだった。

ジークがメダイヨンを押し当てた瞬間、それは目を射るほどに輝きを増す。

ピシリと鋭い音を立て、表に細かなヒビが入った。

たちまちに溶け崩れる氷の中から、閉じ込められていた人影が前のめりに傾ぐ。

ふわり、と白いローブの裾が翻った。地を捉えた両足が、わずかによろめきつつも、しっかりと己の力で立つ。

解き放たれた『王佐の大聖者』は、泣き別れていた現し身と、久しぶりにその精神を融合させたのだ。それがわかり、アリアは思わず安堵で膝からくずおれそうになった。

「――『果たして、冷たくかたい氷の内に秘められた、二つとない宝を』……」

とどめとばかりに締めの一行を、アリアは力強い大声で吟じる。

(あ)

「――『彼の前にもたらしたのだった』……」

ここぞという時に誤字っていた。

(死……)

うっかりと、自分にまでとどめを刺してしまったものである。

エピローグ

麗らかな春の陽光が、大きく切られた窓のガラスを透かして差し込んでくる。

王宮にあるジークの居室で、青く晴れ渡った空を窓越しに見上げていたアリアは、ふうっと大きくため息をついた。

（あれからもう半月かあ……）

思い出すのは、つい先日の、この身に降りかかるにしては刺激的にすぎる一連のこと。

アリアの『薄い聖典』によるヤケクソ聖術と、ジークの剣術とで、どうにかルクレツィアを撃退し、北の塔に囚われていた大聖者を救出することに成功したのだ。

――〝おのれ！　ジークフリード、それにアリアセラ！　覚えておいで。次こそ必ずお前たちの息の根を止めてやるから……！〟
魔術を破られたルクレツィアは、苦し紛れに呪詛の言葉を吐くと、ぱったりとその場

に倒れ伏した。

解けてほつれた黒髪と、緋色のドレスとが、萎んだ花のように床に広がる。その周りに、ばらばらと音を立てて何かが散らばった。

（えっ、何……）

盾にするように『薄い聖典』を構えつつ、恐る恐るアリアが近寄ってみると。

そこにあったのは、手のひらにのるほどの木片だ。何やら髪の毛や麻紐のようなものや、
血と思しき赤茶けたインクで何ごとか記された紙切れなどが絡みついており、全て中ほど
に大きな亀裂が走っていた。

触るのも気が引けて後ずさり木片を眺めていたアリアの隣に、コツン、とかすかな足音
とともに立つ影がある。

「……ルクレツィアが使役していた魔術使いどもの正体じゃろう。おそらく、異界から呼
び寄せた知性を持つ魔物たちに、外法で人格を与えて従えておったと見た。術が解けて現
世に留まれなくなったのじゃて」

頭に直に響くのではなく、しっかりと鼓膜を震わせる声に。

「猊下！」

ハッと肩を震わせ、アリアは振り向いた。

姿形は、大きな宝石飾りがついた樫の杖も含め、精神体と同じだ。ただし、ふわふわと浮くのではなく、地に足をつけて立っている。

「手間をかけさせたのう、アリアお嬢さん」

「いえ……！」

整った顔立ちは見慣れたものだが、やや疲れの滲む笑みを浮かべる大聖者に、アリアは思わずかぶりを振った。

――と。

「アリア！　怪我、は……」

魔獣たちの群れが跡形なく消え失せるのを確認してから、剣を引っ提げたジークがこちらに駆け戻ってくる。

彼は、きちんと自身の足で立つ育て親の姿を認めると、柘榴色の目を瞠って足を止めた。

「すまなかったのう、ジーク。おまえさんにもとんだ迷惑をかけて……」

苦笑とともに肩を杖でトンと叩くいつもの仕草をする大聖者のもとに、ジークが走り寄る。

自分よりも幾分か背丈の小さなその身体を、彼は勢いのままに思い切り抱きしめた。

「猊下！　猊下、ご無事で」

少年姿の育て親の首筋に顔を埋め、声を詰まらせるジークを、大聖者が抱きしめ返す。華奢な白い手が、たくましい養い子の黒衣の背を、ぽんぽんとあやすように叩いた。

「泣かずともよい、心配をかけたのう」

「いえ、……いいんです。俺の方こそ、助けるのが遅くなって……」

「そんなことはないよ。おまえさんはよう頑張った」

わずかに湿り気を帯びたジークの声を、アリアは初めて聞いた。

（うぁあ！　と、尊い……！）

思わずもらい泣きしかけるアリアである。

まずもって、憧れの人と育て親の再会の場面に立ち会えるなんて。本望です。素晴らしすぎて召されそう。もう思い残すことはございません。むしろここに自分がいていいものか……今この瞬間、私はお邪魔虫、いえ壁石、むしろ空気です……。

一秒たりとも見逃してなるものかと、瞬きもせず雑念まみれでその光景をガン見していると。

「全く。何よりまず、アリアお嬢さんにはお礼を言わねばのう」

「本当だ。ありがとう、アリア」

やがて名残惜しげに——アリアの目には少なくともそう見えた——身を離した二人の顔が、同時にこちらを向く。

あたたかな微笑と共にかけられた謝辞に、ゆっくりとアリアはかぶりを振った。

「いいえ、やめてください。畏れ多い。お礼には及びません。というか空気を認識して話しかけないでください」

「空気とな」

「いや時々何を言っているのか本当にわからないな君は」

ジークと大聖者、二人同時に目が点になる。「親子で同じ表情してくださるの尊みが強いです……」とアリアは呆然と口走った。今度は聞き流してもらえた。

「さて、ルクレツィアじゃが……この様子だと、どうやら逃げられてしもうたわ」

大聖者は、地にうつ伏せに倒れたルクレツィアの身体をひっくり返すと、口元に手を当てて呼吸を確かめている。瞼はかたく閉ざされ、頬に影を落とす長いまつ毛はピクリとも動かない。

この言葉に、アリアは首を傾げる。ここにいるのに逃げられた、とは一体。

「え？　では、そのお方は……」

「うむ。抜け殻じゃよ。ルクレツィアの精神体は、もう脱け出ておる。身体には息があるのう……あやつではない、この『ルクレツィア』自身の意識を取り戻せるかどうかは、調べてみんとわからんがの」

生きておるのだから手を尽くしてみよう、と呟き、大聖者は杖の先を『ルクレツィア』

に向ける。赤い宝玉が輝き、金粉に似た聖気がその胸に吸い込まれていった。

やがて、かすかだった息は徐々に太くなり、死人のようだった顔色は血色を取り戻していく。顔つきが安らかなものに変わったところで、「こんなものかの」と大聖者は杖を上げた。

「間に合わせじゃが、降星浄化と天源治癒の術を施した。ついでにあのルクレツィアがまた悪さをせんよう、封じをかけておいた。聖術で底上げできる体力には限りがあるゆえ、あとは意識が戻ると信じて、静養させるしかあるまい」

「わあ……」

(すごい)

いずれも、気力も神力も相当に消耗する離れ業ばかりである。大神殿では、神官長や巫女長と同格の聖術使いが、束になって実践するような域の。

(最強の使い手っていう言葉、本当に本当なんだ!)

もちろん疑うべくもない話ではあるのだが、こうして実力を目の当たりにすると、どうにも筆舌に尽くし難い感動がある。諸々の邪念はさておき、一応大神殿に仕える巫女見習いの端くれであるアリアは、素直に感動した。

それはそれとして。

「猊下。……では、ルクレツィアはどこに」

険しい顔で尋ねるジークに、大聖者も眉根を寄せて視線を落とす。

「わからぬ。おそらくは、こういう事態に備えて逃げ込めるような、精神体を宿すための本体がどこかにあるはずなのじゃが……」

「ということは、報復されるかもしれないと？」

「あやつは諦めが悪いからの。ま、しばらくは無いじゃろう。術を立て続けに使いすぎて、次の器を見つけたところで入る力もないほどくたびれておるじゃろうし。何より、王妃『ルクレツィア』としては再起不能じゃからな」

その言葉を聞いて、ジークがホッと肩の力を抜くのが見てとれた。ああ、よかった。と、アリアも思わず息を吐き出す。

そこでふと気になったことがあり、追ってアリアは尋ねた。

「あの、魅入られているザグラス陛下は、どうなるのでしょう」

「うむ。魂のかなり深いところまで魔術が巣くっておったようじゃからのう。少し眠る必要はあろうが、そう時間はかかるまい。まもなく心を取り戻すであろう」

なんにせよ、目下は心配いらぬ。

「これにて万事解決じゃ」

ニコッと笑った大聖者は、顔こそ美しい少年のはずなのに。なぜか不思議と、好々爺然とした雰囲気を醸し出していたものだった。

(いやあ、よかったあ、本当に！　これぞ大団円、っていうやつよね)
それこそ、まるで誰かの紡ぐ物語のようだ。
回想を終え、アリアはホワホワした気分になる。

とはいえ、長い間、ロッドガルドの宮廷で権勢を振るっていたルクレツィアが急に倒れたために、国の中枢に激震が走った。
今まで彼女の顔色を窺って重職に取り立ててもらっていた者たちは一様に色をなくしたし、逆に、虐げられていた者たちもいまだに現状が信じられずにいるらしい。心ある貴族たちをルクレツィアが相当数処刑してしまっていたこともあり、ある意味で重石の役割を果たしていた彼女を失った今、しばらくは混乱が続きそうだ。
ただ、政治の中枢にある中で、ルクレツィアの毒牙にかからぬよう、ジークと大聖者が辛抱強く庇護し続けていた勢力も残っている。何より、今後は大聖者がきちんとあまねく目を光らせることができる。動揺も徐々に落ち着いていくことだろう。
大聖者の予告通り、浄化の聖術をかけられたザグラスは、根治のために眠っている。操られていた間の記憶が残るかはちょっと怪しいらしい。もちろん、器の『ルクレツィア』も同様に昏睡が続いている。

（陛下だけじゃなく本来の妃殿下にも、どうにか意識を取り戻してほしいけど……）

結局、ルクレツィアの本体は見つからずじまいだ。『おそらくじゃが。三百年も憑依を繰り返し、あやつの精神体そのものがかなり消耗しておった。そこに来てわしとの戦いじゃ、依代も限界じゃったろう』とは大聖者の言だ。アリアの身体にやたらとこだわっていたのも、それが理由であろうと。

そして結果として、そのためにアリアの『薄い聖典』によるでたらめな聖術ができめんに効いたのだった。むしろ、そうでなければさすがに倒せたか怪しい。けれど、形はどうあれ、ルクレツィアの悪意からロッドガルドを守り抜くことができたのは事実なのだ。

そう思うと――そして、そのことに少なからず自分も寄与できていると思うと。なんともむず痒いような、不思議な気持ちになるアリアである。

ちなみに、今回かなり重要な武器と助言をくれたセレスの方は、「うふふ、わたくしのおかげね！　感謝して崇め奉ってくださってもいいのよ！」と堂々と胸を張っていた。自信があって可愛いなとアリアはほっこりした。もっとも、「お礼にはわたくしが望む内容の新刊を三冊ほど書いてくださったら構わなくてよ。もちろん半年以内にね」とゴリ押しの希望が続いて閉口もした。

何せ、憧れの人の前で、自分の書いた『薄い聖典』を大声で読み上げるという苦行をこなしたので、しばらく執筆は勘弁してほしいアリアである。親友にはそのあたり斟酌はしてもらえそうにないが……。

見上げたガラス越しの空は、くっきりと青く。

つらつらと考えごとに耽っていたアリアは、ふうっと長くため息をついた。

（そうだよ。私がお手伝いできる問題は、解決したんだもん。だから……）

もともとアリアは聖女候補としては期間限定で、ジークとの婚約は、その大義名分を失った。

この先は、彼らだけでどうにかできる話ばかりだ。

ふとアリアは、自らの格好を見下ろしてみる。

身につけているのは、着慣れた亜麻のトゥニカ。肌に馴染む感触に安心する。豪奢なドレスも何度か着せてもらったが、落ち着かなくて据わりが悪かった。

ジークは今、政務に出ている。ルクレツィアが消えて、彼には休む暇もない。夜の作戦会議も必要なくなったので、――彼は何か話したいことがありそうだったが――先に寝たふりをして遠慮している。

アリアは、飾り棚に置かれた豪華な細工物の置き時計に目をやり、その針の位置を確かめた。

（昼に一度休憩に戻るつもりだとおっしゃっていたから、もうすぐよね）

そもそも、あれこれと解決してからも、自分がずるずると王宮に居続けるのはおかしいのだ。

（そうだ、もうすぐ……）

今日、これから。

彼が部屋に戻ってきたら、アリアは暇乞いを告げると決めていた。

時計の針がさらに一周し、太陽は中天を過ぎ、日差しも柔らかくなる頃。やや疲れた様子で、ジークがやっと戻ってきた。

彼がすぐに一息つけるよう、お茶の支度を調えていたアリアは、コンコンとドアを叩く音に顔を上げる。

現れたのは、当然ながら部屋の持ち主だ。彼はアリアの姿を見つけると、嬉しそうに破顔した。

「アリア、待っててくれていたのか。ありがとう」

（うっ）

心臓に重篤な衝撃を受け、アリアは思わず胸を押さえた。相変わらず眩しすぎる。このままでは昇天してしまう。

口から出かけた魂を気力で吸い戻すと、アリアは「お待ちしておりました」と首を垂れ、胸に両手を当てる聖女の礼をとる。

長椅子に腰を下ろしたジークの前に、淹れたばかりのお茶を置くと、彼は笑顔で「助かる」と当たり前のように礼を言う。こちらとしては、「もう、そういうところですから。そういうところですよ！」に尽きる。そういうところとしか言いようがない。

彼があたたかなお茶を一口含むのを待ってから、アリアは厳かに切り出した。

「本日は一つ、ジークさまに確認がございます」

「？　どうしたんだ、畏まって」

首を傾げる彼は――当初からアリアに対して親和的だったが、このところさらにくつろいだ仕草を見せてくれるようになっていた。

だからこそ。

（このままじゃいけない）

彼の隣には、いずれ、ちゃんと彼にふさわしい聖女候補が並ぶべきなのだ。

こんな邪念まみれで、『薄い聖典』を書き散らしてきた自分なんかではなく。

「はい。大聖者猊下を助け出す、という、当初の目的が達成されましたから。そろそろ、私はお暇をいただけるということで、間違いございませんでしたでしょうか」

なぜか、緊張で手のひらに汗が滲む。

当たり前といえば当たり前のことを、真剣な面持ちで切り出したアリアに対し。ジークの反応は意外なものだった。

「え……？」

ポカン、という表現は、まさに今の彼のためにあるに違いない。

世にも希少な柘榴の双眸をしばたたき。彼は首を傾げた。アリアの方は不自然に動悸が速くなってくる。

(ちょっと、待って待って。なんでしょうその寝耳に水ですみたいな反応。いや、えって何、えって。私の方が『えっ』なんですけど⁉　まさか『どうしてそうなるんだ？』とか言われないよね⁉)

――やがて。

「どうしてそうなるんだ？」

「……」

もしかして言われるかなあと予想していた言葉をドンピシャで言われ、アリアはしばし、絶句した。

ややあって、どうにか自失から抜け出したアリアは、整然と反論を始める。

「ど、どうしてもこうしてもございません。そういうお約束だったでしょう。大聖者猊下を救出して危地から脱すれば任を解く、期間限定の婚約で、聖女候補であると」

「ああ。そういう約束だった」

「じゃあ！」

「危地から脱していると言い難いからな」

「はい？」

思わずきょとんとしたアリアに、ジークは重々しく告げる。

「今回、猊下を取り戻せたのは、他でもない君の『薄い聖典』の力だ」

「は、はい。ところでその単語、心の準備ができていない時にジークさまの口から聞くと心臓止まりそうになりますね」

「そうか、頑張って止めずに末長く動かし続けてくれ。――で、だ」

動揺するアリアを慣れた調子で軽くいなすと、ジークは足を組み、手に持ったカップに視線を落とした。

そんなちょっとした仕草でも絵になる。「セレスちょっと来て、天井裏でいいから！

写生の好機よ！」と叫びたい気持ちに力強く蓋をして、アリアは話の続きに耳を傾ける。

「君の書いた本を、セレス嬢が広め、そこに信仰に似た想いが募り、独特の聖気に満ちた空間を生み出すことができた、と猊下からは説明を受けている。だが、娯楽小説が聖典としての価値を持つなど前代未聞だ。ロッドガルドばかりか他国を含めても、こんな例は史上初だという。そして、この場において同様の聖術が使えるのは、君をおいて他にない。セレス嬢も……挿画を担当しているようだが、残念ながら絵は読み上げられないからな」

「私の文章も読めたものじゃございませんけれどね」

「いや、君の書くものは面白いぞ。第一、多くの人に支持されて、力を得ているのは事実だ。単なる俺の主観ではなく」

「ひええ！　恐縮と光栄が限界すぎて今日にも私の墓が建ちます……」

「また斬新な反応だな……」

肩を揺らし、ジークは笑った。彼は、笑うと目尻に少しだけ皺が寄り、どうにも無邪気な印象になる。

それは――どこか、遠い昔に別れたきりの『お兄ちゃん』の面影を感じさせる、そんな表情だ。どきり、と鼓動が跳ねる。もちろん、気のせいに違いないのだけれど。

本当に、彼は、心臓に悪い。

「そういうわけで、君しか使えない『薄い聖典』による聖術を守りとして頼りにしてしまった以上、君との婚約を破談にして大神殿に返してしまうと、ルクレツィアへの対抗手段を失うことになる。あちらは、君による未知の聖術を相当警戒しているはずだ。王宮の体制が整うまで、やはり君の力を手放すのは惜しい」

微笑んだまま、ジークは滔々とアリアの聖術の有用性を語った。

そして、アリアがいなくなってしまったのち、ルクレツィアに付け入る隙を再び作ってしまいかねない危惧も。

説明を聞いているうちに、鉄仮面を保っていたアリアの眉間に小さく皺が刻まれる。反論の余地がなかったせいだ。

（ううーん！　それは、……確かに困るかも！　またあの人が襲ってきたら、元も子も無くなっちゃうわけだし。せっかく平和になったのに）

横暴な王妃に重税を課されて疲弊した地方や、彼女が放蕩の限りを尽くしたせいでろくに管理されず荒れた市街地もあるのだ。これからという時に、自分のせいで前に進む人々の足並みが乱れるのは、大変に困る。

「おっしゃることはわかりますし……事実、その通りのところもあるかもしれません……ですが……」

しどろもどろになりつつ、アリアは忙しなく視線を左右に揺らした。

（じゃあ、とりあえず国や宮廷の様子が落ち着くまで？　それとも、ルクレツィア妃殿下の精神体の依代本体を見つけ出すまで？　いつまでお邪魔してたらいいんだろう。あまり、聖女候補として周りの方に刷り込まれたくはないんだけどな）

だって、とアリアはこっそりと付け足す。

（いずれ、きちんとした方が聖女になられるはずなのに。私なんかが定着しちゃったら、困る……。ううん、むしろ。私の方から離れ難くなるのは、もっと困る……）

今、アリアがさせてもらっているのは、とんでもない贅沢だ。

それは、単に王宮で王妃候補としての暮らしぶりをのみ指すのではなく。

（ジークさまの婚約者って立場が、身に余る）

だから早くお暇を頂かなければ、と。理性ではわかっているのに、心は「まだそばにいたい」と喘いでいる。

このままでは手遅れになる。今ならまだ、間に合うと思うから。

口に出せないアリアの内心を知ってか知らずか。じっとその様子を見つめていたジークは、やがて静かに唇を開いた。

「そう。君をそばに置きたいのは、君の聖術が、まだ俺や王国にとって有益だから――」

「はい」

「――と、いうことにしておいてくれ」

不自然な続きが、聞こえた気がして。

（？）

思わずアリアは目をしばたたいた。

「トイウコトニ……シテオイテクレ？」

「なんだかカタコトすぎて呪文じみているな」

「いえ、聞き違いかと思ったもので」

「残念ながら聞き違いじゃない」

ジークは今度こそ声を立てて笑った。

あまりに溌剌とした様子だったもので、それも含めてアリアは「幻聴かな」と思ってしまう。

きょとんとするアリアに、ジークはまだ喉の奥を笑いに揺らしながら、続ける。

「もし忘れられていたら、少々哀しいものがあるんだが。一応、俺は君に求愛もしている立場なんだ」

「え……」

その言葉に、たっぷり数秒、固まったのち。

――〝一人の男としてアリアが好きだから〟

くっきりバッチリはっきりと。うっかり声色まで思い出してしまった彼の『告白』が、まざまざと脳裏に甦り。

瞬く間に、アリアはりんごよろしく真っ赤になった。

「えええ⁉　あ、あれってバジリコックの毒が脳に回って高熱に浮かされて思ってもいないことが適当に口からまろび出てきただけの世迷言ではなかったんですか⁉」

「よま……いや覚悟していたが、本当に歯に衣着せなさすぎて酷いな。そういうところも好ましいんだが。思ってもいないどころか、本心も本心だ。毒なんか受ける前から俺はずっと君が好きだし、これからも好きでいたいと思っている」

「ジークさまはそんなこと言わない！」

「今言ってる」

ジークは愉快そうに言い返してきた。

そんな冗談めいたやりとりをしたいわけではないのだが。

「なんなら好きなところを一つ一つ挙げてみせようか。この前も、言ったけれど」

「うえ、ご、ご勘弁を……」

青くなったり赤くなったり、顔色を目まぐるしく変えるアリアの手を、恭しく取り。

ジークは改めて、アリアの前に片膝をつく。

そうして、こんなことを宣うのだ。その尊い一対の柘榴で、アリアの碧い瞳を、しっかりと見つめて。

「聖女としての力がどうのなど関係なく、今後はちゃんと、正面から口説くから。どうぞよろしく、俺の聖女候補どの」

軽い音とともに、唇を手の甲に落とすふりをされる。貴人の正式な、求婚の手順。時間が止まったように思えた。

もはや、顔中に火がついたような熱さで。息が上がり、声が掠れる。気が遠くなりそうなほどの高揚と焦燥と、いろんなものがないまぜになった感情の奔流にもみちゃくちゃに呑まれながら。

思わず、声にならない悲鳴をあげて手を引っ込めようとしたアリアだが。思いの外、彼の留める力が強くて、ちっとも振り払えない。決して痛くはない、絶妙な力加減だ。こんなところで強引さを出さないでほしい。

「解釈違いです！」

かくして。

なんやかんやと有耶無耶(うやむや)のうちに、暫定(ざんてい)聖女候補アリアの王宮生活は延長されることになってしまった。

（待って待って待って……何かの間違い！　憧れの人を助けたかっただけで、私、こんなはずでは！）

ああ、脳内会議で大糾弾会(だいきゅうだんかい)が開かれている。全自分が、声を揃えて「有罪！」と詰(なじ)ってくる。

しっちゃかめっちゃかな頭の中に整列をかけるのに必死だったアリアは、ジークがこっそりと付け足したひと言に気づかなかった。

「手厳しいな。――昔はよく『お兄ちゃん』と、俺の後ろをついて回ってくれていたのに」

終

この本をお手にとっていただきありがとうございます。夕鷺かのうと申します。
今回は創作者あるあるにまつわる物語（……と敢えてぼかしたい）です。アレな言葉ばかり多用する黒歴史は大いに心当たりがありますが、逆に最近その中二筋（？）が弱ってきて、聖句は「元祖中二といえばこの人！」と個人的に見込んでいるうちの一人、十九世紀イギリスの詩人バイロンの作品をもじって捻出しています。よろしければ元ネタを探してみてくださいませ。

この場にて御礼を。まるで宗教画のような美しい表紙と、見惚れるほど素敵なキャラたちを描いてくださった亜篠あさき先生（大聖者のデザインが好みすぎて！）、「アリアの性格上ここは他作家に迷惑をかけたくないと言う気がします」などその道の解像度が高すぎる助言をくださった担当Y様はじめ、この本の出版・流通に関わってくださる皆様。いつも元気の源になる、あたたかなご感想のお手紙をお寄せくださる皆様。そして、この本を今お読み頂いている皆様。本当にありがとうございます。またお会いできますように。

詠唱シーン校正中に色々見つけてヒロインにも自分にもとどめを刺した夕鷺かのう　拝

■ご意見、ご感想をお寄せください。
《ファンレターの宛先》
〒102-8177 東京都千代田区富士見2-13-3
株式会社KADOKAWA ビーズログ文庫編集部
夕鷺かのう 先生・亜篠あさき 先生

●お問い合わせ
https://www.kadokawa.co.jp/（「お問い合わせ」へお進みください）
※内容によっては、お答えできない場合があります。
※サポートは日本国内のみとさせていただきます。
※Japanese text only

かりそめ聖女は今日も王太子（推し）に求婚される

私との結婚は【解釈違い】なのでお断りします！

夕鷺かのう

2025年1月15日 初版発行

発行者 山下直久
発行 株式会社 KADOKAWA
〒102-8177 東京都千代田区富士見 2-13-3
（ナビダイヤル） 0570-002-301
デザイン 永野友紀子
印刷所 TOPPANクロレ株式会社
製本所 TOPPANクロレ株式会社

ISBN978-4-04-738279-4 C0193

定価はカバーに表示してあります。
◇◇◇